【증보판】

무엇이 서러워서 일본 사람이 되나, 일본을 극복하자

-두 나라 두 문화를 살고, 한국 사람으로서의 긍지를 차세대에-

【증보판】

무엇이 서러워서 일본 사람이 되나,
일본을 극복하자

-두 나라 두 문화를 살고, 한국 사람으로서의 긍지를 차세대에-

김정출 지음 · 서현섭 감수

보고사
BOGOSA

머리말

나는 1946년 2월, 재일조선인 2세로 일본 아오모리(青森)현에서 태어났다. 아오모리는 동북지방 북부의 현이며 현청 소재지인 아오모리시는 홋카이도(北海道)의 하코다테(函館)시와 세이칸(青函) 터널 혹은 세이칸 연락선으로 연결되어 있다.

아버지 김경범(金慶範)은 마음이 순하고 착한 분으로 우리 네 형제를 귀여워해 주셨다. 어머니 박옥희(朴玉姬)는 한국어와 일본어가 유창하며 경제를 비롯한 세상사에 밝고 매우 생활력이 강한 조선 여성이었다.

나는 좋은 부모형제를 만났을 뿐만 아니라 건강한 체질을 부모로부터 받아 운 좋게 의사가 될 수 있었다.

조국이 남북으로 분단되었기에 일본에서도 북한을 지지하는 조총련(재일본조선인총연합회)과 한국을 지지하는 민단(재일본대한민국민단)으로 나뉘어 지금에 이르고 있다.

나는 태어나서 자란 환경의 영향으로 어릴 때부터 정치에 대한 관심이 많아 대학에서 정치 혹은 경제 분야를 전공하여 만약 기회가 주어진다면 조국의 통일과 발전을 위해 헌신하려고 하였다.

그렇지만 대학은 우연히 의학을 전공하게 되었다. 당초에는 의학

공부를 하여 조국의 발전에 직접 기여하고자 생각했으나 남북한의 복잡한 상황으로 인해 생각을 바꾸어, 재일 동포를 위해 힘쓰기로 결심하였다.

의사가 된 후 수많은 동포와 친절한 일본 사람의 도움을 받아 병원·양호시설·보육원 그리고 중고등학교까지 설립하게 되었다. 당시의 많은 재일조선인 한국인이 그러했듯이 나 역시 이국땅 일본 사회에서 수많은 고난과 역경을 극복하고 여러 사업을 펼치게 되었다.

우리 어머니는 생전에 자서전의 출판을 바라고 있었다. 일본에 의한 한국병합 100년이 되는 2010년에 일본어, 2016년에는 한국어판『운명은 현해탄을 건너서』를 출판하였다. 어머니의 자서전은 인간으로서, 그리고 재일조선인, 한국인은 어떻게 살아야 하는가를 우리 아들, 딸들에게 큰 교훈을 주었다. 매우 고맙게 생각한다.

학교 문 앞에도 가지 못했던 부모님이 우리 네 형제를 최고학부까지 보내주시고 사람답게 키워주셨다는 것, 그 사실을 내 아들딸, 손자 그리고 재일 동포, 본국의 한국인, 나아가서는 일본 사람들에게 전달되기를 바라면서 나는 펜을 들었다.

2021년 8월 길일

차례

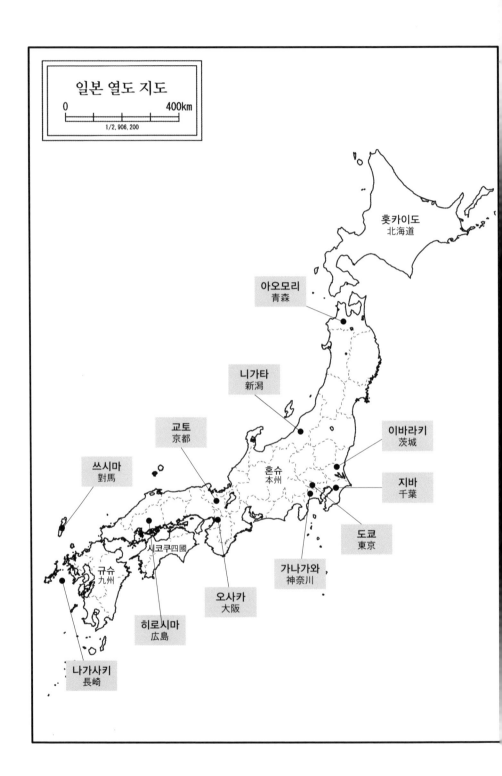

일본 열도 지도
0   400km
1/2,906,200

홋카이도
北海道

아오모리
青森

니가타
新潟

이바라키
茨城

교토
京都

혼슈
本州

지바
千葉

쓰시마
對馬

도쿄
東京

가나가와
神奈川

시코쿠四國

규슈
九州

오사카
大阪

히로시마
広島

나가사키
長崎

제1장

아오모리에서 나서 자라

1

현해탄을 건너온 부모

열 살에 일본에 온 어머니

나의 어머니 박옥희는 1926년 7월 29일 한국 경상북도 안동에서 1남 5녀의 4녀로 태어났다.

생활은 가난하였다. 어머니의 오빠(박석규, 朴錫奎)는 집에 있어 봐야 입에 풀칠도 못 한다고 하여 남의 집에 머슴살이로 가야 했다. 위세가 있는 친척 집에서 분뇨 통을 짊어지기까지 한 것 같다. 한번은 길을 가다가 미끄러져 짊어지고 있던 분뇨 통을 온몸에 뒤집어쓴 일이 있다고 어머니가 말한 바 있다.

어머니의 큰 언니는 일찍 결혼하여 일본에서 살고 있었다. 남편 가네하라 다이추(金原台仲)는 도쿄제국대학병원의 주방에서 일을 하고 있던 것 같다. 아마 지금의 도쿄대학 의학부 부속병원일 것이다.

박석규도 일자리를 찾아 일본으로 건너왔다. 일본 이름을 아라이

어머니를 중심으로 외삼촌 박석규 씨(왼쪽)와 큰이모님의 아들 김동환(오른쪽). 1990년 겨울 한국을
방문했을 때.

세이키치라 했다.

다이추 씨가 일본에서 어느 정도 생활의 기반을 닦고 있었기 때문
에 이렇게 그를 의지하고 잇달아 온 것이다. 박석규는 일본에서
우산 자루를 만드는 공장에서 일하였다. 밤잠도 자지 않고 일본
사람의 세 배나 일하다 보니 상당한 급료를 받은 것 같다.

다이추 씨가 어머니와 할머니를 일본으로 불러주었다. 할머니는
어머니의 언니를 시집보내고 나서 안동의 집을 팔았다. 전 재산을
가지고 10살이 된 나의 어머니를 데리고 부산에서 배를 타고 현해탄
을 건너온 것이다.

조선은 유교의 나라이고 아들이 일을 하고 있었기 때문에 자식들

이 자신들을 잘 모실 것이라고 생각하신 것 같다.

　그러나 박석규에게는 그럴 생각이 없었다. 결국 할머니는 상심하여 어머니만 남긴 채 홀로 고향으로 돌아가셨다. 시집보낸 딸을 만나겠다는 말만 남긴 채 한국으로 귀국해 버렸다.

　당시에는 많은 조선 사람이 조국과 일본을 왕래하고 있었으나 우리 어머니는 조국 해방 때까지 끝내 조국 땅을 밟지 못했다. 언니 부부의 아이를 돌보아야 하고 가족의 이사 때마다 따라가야 했기 때문이다. 오늘의 쓰쿠바시 호조(北条)에서 산 적도 있다. 그 후 아오모리 지역이 장사가 잘된다는 말을 들은 다이추 씨가 가족과 우리 어머니를 데리고 아오모리로 이사를 갔다.

양친의 결혼

　아버지 김경범은 경상도 대구 가까이의 고령군 성산면 기족동 출신이며 야하타(八幡)제철소에 일하러 와서 고향 친구들과 함께 일하였다. 흰 쌀밥이 얼마나 먹고 싶었던지 얼마든지 먹을 수 있다는 말에 어떤 때는 일곱 그릇이나 더 먹었다는 이야기도 있다.

　그 후 그는 더 좋은 일자리가 있다는 소문을 듣자마자 야하타제철소를 그만두고 아오모리로 갔다. 도중에 다른 데서 일했다는 이야기는 들어본 적이 없기에 아마 어디에도 들르지 않고 그대로 아오모리로 간 것이라 짐작된다. 규슈(九州)로부터 그 혼슈(本州) 북단까지 어떻게 갔는지… 당시의 일이니 2~3일은 걸렸을 것이다.

　아오모리에는 조선인들을 통솔하던 김삼백이라는 사람이 있었다고 한다. 아마 아버지는 그 사람의 소개로 아오모리로 간 것이 아닐까.

1941년 초여름, 16세 목전인 어머니는 오빠를 통해 이미 아오모리에 있던 27세의 아버지와 결혼하고 가정을 꾸렸다. 결혼에 이르기까지는 적지 않은 우여곡절이 있던 것 같은데 그 전말도 포함하여 어머니는 조국과 일본에서의 고생스러운 인생을 2010년 4월 30일에 책으로 만들어 출판하였다(『生死海を尽くさん』, 日本評論社). 그리고 6년 후인 2016년 2월 1일에는 조국에서 한국어판을 간행하였다(『운명은 현해탄을 건너서』, 작가들, 인천).

한국판 역자 강성구 씨는 판매와 보급에도 힘썼다. 딸은 청구학원을 졸업하고 프랑스 유학.

2

아오모리·조선 연립주택의 개구쟁이

연립주택에서 단독주택으로

나는 일본 패전의 다음 해인 1946년 2월 23일 남자 네 형제의 차남으로 아오모리시에서 태어났다. 형 정룡은 3살 위, 손아래 동생 정구는 2살 아래이며 막내 정이와 나는 5살 차이다.

우리 가족은 2층짜리 조선인 연립주택에 살았다. 많은 동포들과 매일 함께 지냈다. 1세들이 권위 있게 행세하던 때라 조선의 고향 비슷한 생활 풍경을 나는 어려서부터 자세히 보고 자랐다. 어수선하며 몹시 떠들썩한 생활환경이었으나 1세들에게는 한마디로 딱히 말하기 어려운 친근감을 늘 느낄 수가 있었다.

그러나 자식들을 언제까지나 이런 데서 키우는 것은 좋지 않다고 생각한 어머니는 내가 초등학교에 들어갈 무렵 낡은 창고를 사서 개축하여 그곳에 자식들을 살게 하였다. 조선인 연립주택에서 단독주택으로 이사한 것은 우리가 처음이다. 주위 사람들로부터 부러움을 샀다. 우리 가족이 이렇게 이사하게 된 것도 역시 의지가 강하며 자기 의사대로 행하는 어머니의 덕택이라고 나는 생각한다.

응석꾸러기 초등학생

형제 네 명 다 일본 학교를 다녀 일본 사람과 똑같은 의무교육을 받았다. 초등학교는 아오모리시립 나미우치(浪打)초등학교이며 이 학교는 현재도 그대로 남아 있다.

초등학생 시절 나는 상당한 응석꾸러기였다. 부모에게 꾸중 듣는 것은 형제들 중 언제나 나뿐이었다. 꾸중 듣고 집을 뛰쳐나가기는 했으나 고집을 부리는 나는 저녁이 되어도 돌아가지를 못해 언제나 현관 옆의 큰 쓰레기통 안에 숨었다. 어머니가 찾아낼 때까지 몇 시간이나 숨어있던 것이 한두 번이 아니다.

매일 근처의 논이나 작은 시내에 가서 미꾸라지나 붕어를 잡으며 온종일 흙투성이가 되어 놀았다. 아침 일찍 5시, 6시에 일어나 5킬로나 떨어진 바다에 낚시하러 간 일도 있었다. 아오모리만이 바로 나의 놀이터였다. 또한 친구들과 산에 가서 으름덩굴을 땄다.

5학년이던가 6학년이던가 어떤 모자가정의 친구와 으름덩굴 따기 약속을 한 날의 일이다. 그날은 공교롭게도 비가 내렸지만, 약속은 약속이다, 나의 성격상 이제 와서 못 가겠다고는 할 수 없다. 이런 날에 산에 올라가는 것은 사실 위험하지만 그렇다고 부모에게 말하면 허락받지 못할 것이고… 그냥 몰래 나갔다.

따낸 으름덩굴을 점심 삼아 배불리 먹고 난 뒤 밤이 돼서야 감자를 넣는 큰 주머니에다 으름덩굴을 잔뜩 담아 뿌듯한 마음으로 돌아왔다. 돌아와 보니 부모가 경찰에 수색계를 내기 바로 직전이었다. 계속 비는 내리고 주위는 아주 캄캄하였다. 일단 무사히 돌아왔기에 부모도 안심했는지 그날은 꾸짖지 않았다.

하여튼 나는 어릴 때부터 무엇이든 한 가지에 열중하는 타입이었다. 부모의 말은 듣지 않는다. 형제 중에서도 자기 멋대로 행동하는 것은 나뿐이고 하고 싶은 일은 다 해버려야 하는 성품이었다. 지금도 이 버릇은 달라지지 않는데 어쩌다 그렇게 됐는지는 모른다.

보통이라면 잘 생각한 다음에 행동하리라. 그렇지 않다면 생각하면서 행동하리라. 그러나 나는 행동한 다음에 생각하는 타입인지도 모른다.

물엿과 양돈과 밀주

당시 우리 집에서는 어머니가 중심이 되어 물엿 행상을 하거나 양돈을 하거나 밀주를 만들어 팔아서 생계를 유지하였다. 형과 나는 자주 밀주 배달 임무를 받아 주말이면 먼 데까지 버스를 타고 단골손님 집에 갖다 주곤 하였다.

어느 날 담임선생이 학급에서 모두에게 물었다.

"집에서 장사를 하고 있는 사람이 있으면 손을 들어보세요."

우리 집은 장사라 해도 밀주이기 때문에 손을 들 수 없었다. 그러자 같은 동네 아이가 입 싸게 참견을 하였다.

"가네모토 군, 너희 집 장사하고 있지 않니? 술을 팔고 있잖아.

손을 들어야 해!”

하는 수 없이 손을 들어보니 선생이 물었다.

“가네모토 군, 동무의 집은 무슨 장사를 하고 있는지?”

“술입니다.”

고개를 숙이면서 가느다란 소리로 겨우 대답하였다. 술은 술이라도 암거래 시장의 술이니 부끄러워서 당당하게 대답 못 했던 것을 기억하고 있다.

우리 집은 한때 생활보호를 받고 있었던 것 같다.

“가네모토 군, 방과 후 좀 남으세요.”

나는 자주 선생으로부터 문방구나 모자 등 여러 가지를 받곤 했다. 그러나 역시 쑥스러운 마음을 억누를 수 없었다. 부모도 생활보호를 받으면서 키우다가는 아이들이 열등감을 느껴 제대로 성장할 수 없다고 생각했는지 2년이 지나자 수급을 그만두었다.

4학년 때 담임선생 가와무라 세이키치가 어머니에게 말했다.

“이 아이는 좋아지면 대단히 좋아지지만 나빠지면 철저히 나빠질 가능성이 있다.”

어머니로부터 전해들은 이 말은 지금도 계속 내 기억에 남아 있다.

정체성을 의식하기 시작한 중학시절

중학교는 아오모리시립 나미우치중학교. 동교는 2008년에 창립 60주년을 맞이하고 있다.

중학생이 되면서 내 성격도 좀 어른스러워졌는지 부모에게 꾸중 듣는 일은 없어졌다. 다만 1학년 때 두 동창생이 조선 사람을 야유하는 것을 보고 참지 못해 둘을 때린 일이 있었다. 한 명에게 부상을 입혀서 나중에 문병을 갔다. 그런데 그들 중 하나는 일본인, 또 하나는 조선인이었다. 후자는 후일 북조선으로 귀국했는데 왜 조선인이 동족을 놀리는 언동을 하였는지 매우 복잡한 심경에 빠졌다.

나의 학교 성적은 좋았다. 체육도 남보다 잘하였다. 그 때문인지 일본인 교원이나 학생으로부터 차별받는 일은 없었다. 오히려 선생들에게 귀여움을 받았던 기억이 있다.

그러면서 마음속에서는 언제나 "나는 일본인이 아니다"라는 생각이 있어 자주 갈등이 일었다. 우리 가족은 '가네모토(金本)'라는 통명(일본 이름)을 사용하고 있었다. 부모는 조총련(재일본조선인총연합회) 사람들과 교류하고 있었기에 나는 자신의 일본 이름에 위화감을 느끼지 않을 수 없었으며 늘 혐오감을 가지고 있었다.

형제가 모두 현립 아오모리고등학교에

나는 중학 3년간의 성적이 상위였기에 아오모리현 내의 우수한 인문계 학교인 현립 아오모리고등학교에 들어갈 수 있었다. 형이 다니던 학교이며 나중에 동생 둘도 다니게 되었다. 이 학교는 2020년에 창립 120주년을 맞이한 전통이 있는 학교다. 이 학교의 전신인 아오모리중학 시절에는 이름난 작가 다자이 오사무(太宰治)도 졸업하였다.

내가 입학한 1961년 무렵에는 학생 수가 많아 한 학년 500~600

명이나 있었다. 학급이 10학급이나 되었을까. 현 내의 다른 군(郡)에서 다니는 우수한 학생들도 많았다.

나는 입학 당시의 성적은 40위 정도였으나 조금씩 올라가 2학년에 15위 정도, 3학년에 5~6위를 차지하게 되었다. 유달리 지기 싫어하는 성격이어서 죽자고 공부에 몰두하였다. 공부 방법은 아침 집중형으로 밤 8~9시에 일단 잠을 자고 날 새기 전인 3시에 일어나 아침까지 공부했다. 2학년이 되어 진로 희망에 대하여 상담을 받았다. 특별히 목표로 하고 있는 곳은 없었으나 머릿속에 막연히 생각하고 있었던 홋카이도대학 수산학부 혹은 농학부라고 대답하자 선생이 "거기면 지금이라도 들어갈 수 있어"라고 말씀하셨다.

그 무렵 형은 조총련이 운영하는 도쿄의 조선대학교에 다니고 있었다. 조선대학교는 갓 창립된 대학으로 당시 매우 인기가 높았다. 나도 입학하려고 생각하였다. 어머니에게 그 지망을 말하자마자 "한 사람이 갔으면 충분하지!" 마치 가시 돋친 듯한 대답이 돌아오는 것이었다. 그래도 계속 우겨대니 이번에는 내 장딴지를 자로 마구 때리기 시작하셨다.

"가네모토 군, 이대로 분발하기만 하면 더 높은 학부에도 들어갈 수 있어요. 의학부를 지망해보면 어때?" 3학년 여름, 담임선생의 이 한마디 조언이 그 후의 내 인생의 출발점이 되었다. 홋카이도대학 의학부에 응시하여 당당히 합격하였다.

3

불고기 가게 '명월관'과 형제들의 진로

명월관 개점

부모가 자식들에게 좋은 교육을 받게 하고자 물엿 행상, 양돈, 밀주 제조 등 일에 여념이 없었다는 데 대해서는 이미 말하였다. 아버지가 가장 열심히 일한 것은 아마 이때가 아닐까 싶다. 본래 건강하지 못한 몸에다가 양다리의 혈관 일부분이 막히는 버거병도 앓고 있었다. 혈액 순환이 나빠서 다리의 일부가 불편한 상태이기 때문에 오래 걷지 못했다.

아버지는 온순한 성격으로 남에게 해를 끼치는 일은 없으며 과묵한 사람이었다. 그러면서도 자식 사랑이 매우 끔찍한 사람이었다. 어린 우리를 데리고 자주 아오모리 시내의 갓포(合浦)공원에 꽃을 보러 갔다. 언제나 근처 동포들과 함께였다.

경륜과 파친코를 무척 좋아했다. 갓포공원에는 아오모리경륜장이 있어 아버지는 경륜을 아주 즐겼다. 이 경륜장은 1950년에 만들

명월관을 꾸려가던 시절의 어머니
(1970년 가을)

어져 1983년에 다른 곳으로 옮겨
갈 때까지 눈이 내리지 않는 계절
에도 경륜을 실시하곤 하였다.

어머니는 자식을 위해서라면
무엇이든 하는 분이었다. 지기 싫
어하는 성격이어서 암거래로 생
계를 이어가면서도 살림살이가
어렵다는 우는 소리 한번 낸 적이
없었다. 내 성격은 어느 쪽이냐
하면 어머니를 닮은 것 같다.

1956년, 일본의 『경제백서』는
더이상 전쟁의 영향은 없다고 주장하였다.

일본이 풍족해지면서 합성주를 값싸게 구매할 수 있게 되니 1960
년을 전후하여 밀주는 더 이상 팔리지 않았다. 이러다가는 아이들
학비를 보낼 수 없다, 무엇인가 해야 한다고 고심한 어머니는 내가
고교 3학년이던 1963년 겨울 아오모리역 앞에 명월관이라는 불고
기 가게를 열기로 결심하였다. 내 기억이 확실치는 않으나 어머니
는 도쿄 신주쿠(新宿) 니시구치(西口)의 명월관에서 1주일인가 1개
월 배우고 나서 자기 가게를 열었다. 아버지는 때때로 요리 배달
등을 도와주셨지만 틈만 있으면 근처의 파친코 점에 갔다. 좀처럼
돌아오지 않아 어머니가 화를 내며 자주 말다툼을 했던 것을 나는
기억하고 있다.

형제 각자의 길

형은 조선대학교에서 기숙사 생활을 하고 있었다. 맏아들에게는 민족교육을 시키고 자기들의 민족성을 본받아 민족의 말과 문화를 습득시키고자 하는 부모님의 강한 염원이 있었던 것 같다.

당시 북조선은 '지상 낙원'이라고 칭찬하던 시기이며 조선대학교는 경쟁률이 높아 입학하기 어려웠다. 그러나 내 귀에는 벌써 "선배들이 졸업해도 이렇다 할 일자리가 없다"는 형의 말이 들려왔다.

내가 조선대학교 지망을 말했을 때 어머니가 맹 반대한 이유는 후에 알게 되었다. 어머니는 언젠가 "너는 성적이 좋으니 장래성이 있는 대학에 가거라"라고 말한 바 있다.

게이테키료 현관에서. 앞줄 중앙이 저자. 그 왼쪽은 이과대학에 다니는 같은 학년 문일창.

1964년 4월 나는 홋카이도대학 입학과 동시에 기숙사 게이테키료(惠迪寮)에서 생활하게 되었다. 그러므로 형과 더불어 나도 생활 면에서 문제가 없었지만 불쌍한 것은 두 동생이었다.

한편 어머니는 명월관 운영에 바빠서 집안 식구들의 저녁을 마련하고 가게에 나가서는 아침에 돌아오는 생활을 해야 했다. 손아래 동생 정구는 중학 3학년, 막냇동생 정이는 초등학교 6학년이란 성장기의 가장 중요한 시기에 어머니는 항상 없고 식사를 비롯한 생활을 돌보는 사람이 없어진 것이다. 아버지는 집에 있기는 했지만 병이 잦았다.

어머니는 형과 나의 학비 걱정으로 늘 일을 해야 하였기에 그만큼 두 동생에게 소홀할 수밖에 없었다. 그때 나는 삿포로(札幌)에 있었으며 어머니와 동생들을 생각하면 가슴 아팠다.

정구는 아오모리고교를 졸업하고 1년 재수한 다음에 삿포로대학에 들어가서 러시아어를 전공하였다. 정이도 형들처럼 대학에 가고 싶었다. 그러나 몸이 허약하고 어릴 때부터 한약을 복용하거나 뜸

한약과 달임 주전자

順子, S

기숙사생들과 게이테키료 마당에서. 저자는 후열 중앙(1965년 5월경), 그 오른쪽은 최규형 선생. 앞줄 오른쪽부터 최상일, 문일창.

을 뜨는 등 치료를 거듭하는 바람에 공부 부족으로 대학에 합격하기 힘들었다. 재수한 끝에 겨우 염원하던 메이지(明治)대학 법학부에 입학하게 되었다.

어머니는 정이가 병이 잦은 것은 그의 성장기에 자기가 잘 돌보아 주지 못했기 때문이라고 두고두고 후회하였다.

아이란 각각 적성과 능력을 지니고 있을 것이다. 공부 머리가 없으면 기술을 배워 살길을 마련해 주도록 하는 것이 부모들의 바람이다. 그런데 우리 어머니는 그렇지 않았다. 자식들이 하고 싶다고 하면 좀 무리라고 느껴져도 결코 안 된다고 하지 않으셨다. 형제 네 명 모두에게 고루 기회를 주셨다.

형은 조선대학교, 내가 의학부를 다니고 있었기 때문에 상당한 금액의 학비 및 생활비를 보내셔야 했을 것이다. 어떻게 돈을 마련

했는지는 잘 모르겠지만 미납된 적은 한 번도 없었다. 게다가 동생들의 학비까지 더하면 엄청난 금액일 텐데 어머니는 꼭꼭 송금해 주셨다.

부모님의 이와 같은 자식을 위한 희생과 고생으로 우리 네 형제는 다른 조선인 가족보다 좋은 교육을 받을 수 있었다고 생각한다. 부모님께 늘 감사하고 있다.

제2장

의사로의 길
- 개업과 양호복지 사업의 전개

1

정체성을 되찾은 의학생 시절

두 가지 명제

나는 조선인 연립주택에 살던 어린 시절부터 줄곧 일본인에 의한 조선인 차별을 목격해왔다. 중학, 고교생이 되면서부터 재일 1세들의 원통함을 여러 번 들었다. 그렇게 자랐기 때문인지 대학 입학 후 재일조선인으로서 어떻게 살아야 하며 무엇을 해야 하는가에 대해 늘 모색하게 되었다.

홋카이도대학 의학부 입학 후 당장 마음에 새긴 것이 두 가지가 있다.

1. 일본 사람 못지않은 실력을 배양할 것.
2. 자기 민족성과 주체성을 확립할 것.

어느 한 가지가 빠져도 불충분하다. 좋은 기술을 가져도 민족의 말과 문화를 모르면 그것은 조선인 차별을 하는 일본인과 다를 바 없다. 또 민족의 말과 주체성을 지닌다 한들 상응하는 실력이 없으

면 일본 사회에서는 인정받지 못할 것이다. 이상의 두 가지 좌우명
은 앞으로 나의 인생의 두 바퀴(兩輪)가 되리라ー나는 그렇게 생각
하였다.

나는 대학에 입학하자마자 그날부터 조선어 독학을 시작하였다.
여태껏 조선말이면 초등학생 때 조선 아이를 위한 오후 야간학교를
다닌 적이 있어 약간의 회화가 가능하며 이름 정도는 쓸 수가 있었
다. 오후 야간학교는 조총련이 일본 학교를 다니는 초등학생 대상
으로 방과 후에 국어(조선어)를 가르치는 강습소였다. 나의 작은
아버지도 그곳에서 가르치고 있었다.

이리하여 나는 일본 이름인 '가네모토 마사이데'를 버리고 본명
인 '김정출'을 사용하게 되었다. 민족의 정체성을 회복하고 앞으로
는 조선 사람으로 살아나가자고 결심하였다.

대학에는 재일본조선유학생동맹(약칭 유학동)이라는 재일조선인
학생들의 전국조직이 있었다. 친구들과 함께 참가하여 조선어와
역사를 배우며 또한 조선인으로 어떻게 살 것인가를 밤낮 의논하였
다. 여름과 겨울의 긴 방학 때에는 도쿄에서 있은 연수회나 스터디
그룹에도 참가하여 전국에서 모인 같은 환경에 놓인 학생들과 교류
를 깊게 하였다.

나는 유학생 모임 홋카이도 본부 위원장으로 추천받기도 하였다.
유학생 모임 소속의 6년간은 조선 사람으로서의 진짜 긍지를 느끼
게 된 결정적인 시기였다. 조직과 친구들은 나의 인간적 성장을
위해 실로 많은 도움을 주었다.

이때의 결의는 그 이후에도 항상 내 마음속에 자리 잡았으며 나

는 위의 두 가지 좌우명을 소중히 여기며 지금까지 살아왔다고 생각한다.

어머니의 맹장염

의학부에 들어가기는 했지만 우리 집은 원래 의사와는 전혀 인연이 없는 가계였다. 처음은 나 같은 사람이 의사가 될 수 있을까 하는 걱정이 많았지만 배우다 보니 의외로 자신이 생기기 시작하였다. 방학 때에는 귀성하여 명월관의 배달을 돕기도 하였다.

내가 대학 6학년인 1969년의 일이다. 어머니가 맹장염을 앓았다. 당장 수술해야 했으나 번창하고 있는 가게 일과 생활 때문에 좀처럼 수술받을 시간을 낼 수가 없었다. 참으면서 일을 계속해온 것이다. 복막염(腹膜炎)으로 번지지 않아 다행이었다.

결국 단골 의사인 니토베(新渡戸) 선생에게, 그것도 섣달그믐날 저녁에 수술을 부탁할 수 있었다. 니토베 선생은 군의관 출신이지만 매우 친절한 외과의로서 내가 의학생인 것을 알고는 "수술을 아드님도 보십시오"라고 하면서 나를 수술실에 안내해 주셨다.

북조선에 귀환하여 의학으로 공헌하고 싶다

어머니의 이야기에 의하면 한때 조선 남자가 매우 환영받은 때가 있었다 한다. 패전 후 일본 남자가 자신감을 잃고 의기소침해하고 있을 때 조선 사람은 GHQ가 준 해방민족인 '제3국인'으로의 조그만

특권을 누리며 위세가 좋았다.

그러나 그런 시대는 한순간이었으며 샌프란시스코조약을 거쳐 일본이 국제적 지위를 확립하고 조선 전쟁에서 특수를 얻어 전후복구의 전망이 열리자 재일조선인의 살림살이는 곤경에 빠지기 시작하였다.

그 무렵 재일 동포들 사이에서는 "사회주의가 좋다. 북조선은 지상 낙원이다"라는 소문이 나돌아 북으로의 귀국운동이 활발히 일어났다. 작은아버지도 그중의 한 명으로 귀국하였다. 그런 가운데 우리 집에서도 귀환 논의를 했다. 아버지가 가족 전원이 귀국하자고 하자 어머니는 "나와 아이들은 안 가요. 당신만 가세요"라고 모질게 밀쳐버렸다. 그 후 아버지는 두 번 다시 귀국 이야기는 꺼내지 않으셨다.

북조선에 대한 기대가 높아지고 그 당시의 재일 동포들이 거의 그러하듯이 우리 부모도 조총련 소속이며 형도 조선대학교에서 교편을 잡고 있었기 때문에 나는 북조선에 대해서는 언제나 호의적인 인상을 가지고 있었다.

하여튼 미래에 나도 북조선에 돌아가 대학에서 배운 기술을 살려 나라의 건설에 이바지하고 싶다는 희망을 안고 이 일본 땅에서 심장외과라는 최첨단 기술을 습득하고자 공부에 몰두하였다.

2

의학부 졸업과 방침 전환

재일 동포를 위한 의료방향으로 방침 전환

1970년 나는 홋카이도대학 의학부를 6년 만에 졸업하였다. 심장외과의 개척자인 사카키바라 시게루(榊原仟) 선생님에게 배우고 싶어서 도쿄여자의과대학을 지망했다. 거기에는 유학생 모임인 한국인 선배도 있어 꼭 들어가고 싶어서 2년 연속 도전했으나 받아들여 주지를 않았다. 다른 병원에도 지망했지만 조선 국적을 이유로 거절당하였다.

한편 그 무렵 북조선의 정체가 조금씩 보이기 시작하였다. 그때까지의 선전은 거짓이었으며 내가 동경하던 북조선은 '지상 낙원'이 아니라는 것도 알게 되었다. 의학으로 이 나라 건국에 이바지하고자 한 방침은 접었다. 일본을 생활 기반으로 하여 살아가는 재일 동포들에게 의술을 베풀기 위해 노력하기로 방향을 전환하였다. 진로 분야도 심장외과에서 일반외과로 변경하였다.

당시 재일 동포는 비록 의사 자격을 가지고 있어도 공립 병원에 취직하기는 쉬운 일이 아니었다. 그러나 미노베 료키치(美濃部亮吉) 도쿄도지사, 아스카타 이치오(飛鳥田一雄) 요코하마시장 등이 활약하는 혁신정치가 한창이던 때라 우선 요코하마시가 조선 국적임에도 받아주었다. 운 좋게 아는 선배를 통하여 요코하마시립대학병원 제1외과에 수련의로서 들어가게 되었다.

그 이후 수련의로서 요코하마 미나미(南) 공제병원, 미우라(三浦) 시립병원, 가나가와(神奈川)현립 성인병 센터(현재 가나가와현립 암센터) 등에서 수련의를 했다. 특히 가나가와현립 성인병 센터에서는 수술하는 기회가 많아 의술을 배우는 데 큰 도움이 되었다. 약 10년 간의 수련 기간을 거쳐 도쿄 아다치(足立)구에서 동포가 경영하던 니시아라이(西新井)병원에 근무하게 되었다.

남녀의 만남과 결혼

홋카이도대학의 선배로 지질학 전공인 김충권 씨가 "내 친척 중에 좋은 여성이 한 명 있는데요…"라고 말을 걸어왔다. 그 여성이 나중에 나와 결혼하게 되는 서신(徐信)이다. 그녀는 조선대학교 졸업 후 1970년 여름 도쿄 우에노(上野)에서 개최 중이던 조선민주주의인민공화국의 상품을 소개하는 전람회(규모 작은 견본사)에서 일을 하고 있었다.

나는 도쿄여자의대에 두 번 도전했으나 실패하여 시간이 남아돌던 시기다. 조총련 의료 관계자로부터 "손이 모자라니 북조선 상품

아이치현 니시오시에 있는 잇시키온천에서 결혼. 1972년 5월 14일.

전람회의 의무실에 주 두 번 와주지 않겠나"라는 권유를 받아 근무하게 되었다.

거기서 서로 알게 되었는지는 잘 기억나지는 않지만 앞에서 말한 선배가 "어때, 그녀와 만난 느낌은?" 이렇게 묻는 것이었다.

그런 만남이 있은 뒤에 몇 번 교제를 하다가 상품전람회 종료후 그녀의 부모님께 인사를 드리러 가서 허락을 받아 1972년 5월 결혼하게 되었다.

나의 결혼 상대는 1948년 아이치(愛知)현 니시오(西尾)시에서 3남 5녀의 8명 형제의 막내로 태어났다. 직물공장을 경영하여 가족 전원이 힘을 합쳐 온종일 일하는 그런 집이었다.

듣기로는 장인은 조선에서 고아와 다름없는 성장을 한 것 같다.

일본에 건너와 8명 아이들을 다 대학까지 보냈다. 맏아들은 메이지대학을 졸업하고 아이치현의 조선 학교에서 영어교사를 하고 있었다.

처가에선 여자가 언제까지나 일만 해서는 안 된다는 관념이 있어 아내도 대학을 졸업하면 시집가기로 약속하고 조선대학교에 입학했다고 한다.

결혼식은 처가에 가까운 잇시키(一色)온천의 연회장에서 올렸다. 장인어른은 천식 환자였기에 유감스럽게도 참석하지 못했다. 소박한 결혼식이어서 비용은 얼마 들지 않았고 남았다고 한다.

결혼 당시 나는 벌써 수련의였기에 병원을 이동하게 되었다. 주거지를 일곱 번 정도 옮겼을까. 처음에는 집세가 2만 3천 엔이나 하는 아파트에 살았지만 나중에는 병원 숙소에서 살았기 때문에 생활비 걱정은 거의 없었다.

3

개업-진료소에서 미노리병원에로

미노리초(美野里町)에서 개업

가나가와현에서 일하는 동안에 아이를 세 명 얻었다. 아이들이 자라면 조선 학교에 보내고 민족교육을 시키고 싶었다. 형이 미토(水戸)시에 있는 조선 학교에서 교편을 잡고 있기도 했고 개업 조건도 좋은 미토로 이사하였다.

조선 학교 가까이에 집을 정하고 인접한 나카미나토(현재 히타치나카) 시내의 나카미나토 중앙병원[현재 게이아이 고바야시(恵愛小林) 클리닉]에서 약 2년간 신세를 지면서 개업 준비를 서둘렀다.

그러나 막상 개업하고자 하니 자금이 부족했다. 당시까지 소중히 간직해오던 하야마(葉山) 골프장의 회원권을 180만 엔에 팔고 이것을 개업자금으로 하였다. 취미인 골프에 대해서는 뒤에 다시 이야기하겠다.

36세가 된 1982년 12월 8일 현재 사는 미노리초(현재 오미타마시)

맏딸 명숙(두 번째 줄 오른쪽에서 두 번째) 이바라키 조선초중학교, 초급학교 졸업식.

개원식에서 인사하는 저자. 1982년 12월 8일.

개원식에 김만유 선생(니시아라이 병원장)과 박일 선생(재일조선의학자협회)도 와주셨다.

에 침대 수 19병상의 '미노리 소화기과 외과' 진료소를 개설하였다. 당시의 이바라키(茨城)현은 의료 시설이 적고 의사도 부족했기 때문에 도노우치 미쓰오(外之内光男) 촌장(町長)을 비롯해 주민들로부터 대환영을 받았다. 이바라키현의 의사 부족의 심각성은 오늘도 다를 바가 없다.

잊으려야 잊을 수 없는 개업 첫날 환자는 불과 8명이었다. 당시는 하루 벌이와 같은 생활로, 수개월 지나자 1주일 정도의 여유자금이 생겼고 1년이 지나자 1개월 정도의 여유자금이 생겼다. 이렇게 경영은 서서히 안정되어 갔다.

아내는 어학을 좋아하여 영어검정 1급을 목표 삼고 있었지만, 시험 직전에 개업하였기에 시험을 포기하고 의료사무 관련 전문학교를 다니게 되었다. 아이들을 키우면서 의료사무 공부를 하고 진료소의 접수 사무도 잘해주었다.

나는 온종일 죽자고 일했다. 마치 나 혼자서 1년 내내 당직을 하고 있는 것만 같았다. 진료소 일은 우리 부부가 담당하였으며, 너무나 바빴기 때문에 첫 2년 동안은 수련의 시절에 좋아하던 골프 연수는 거의 하지 못했다.

개업까지의 과정은 결코 평탄치 않았지만 점차 시설을 확충하고 1984년에 42병상으로 늘렸으며 1988년에는 54병상의 노인 병동과 15병상의 부인과 병동을 개설하고 진료소 이름을 '미노리병원'으로 바꾸었다.

나에게는 항상 목표가 있었다. 하나를 달성하면 다음 목표를 세웠다. 이렇게 새로운 목표를 향해 오늘까지 왔다고 생각한다.

부자, 가난한 자, 모든 사람에게 애정을 담은 의료·복지를

가정이 가난하면 그에 반발하여 사회주의, 공산주의를 동경하게 되는 경우가 더러 있다. 나 역시 그런 사상에 공감하면서 자랐다.

그러나 우리에게는 단단한 어머니가 있었기 때문에 형제 모두가 좋은 교육을 받을 수 있었으며 나도 의사가 되었다.

개업할 때부터 "의는 인술"로 부자도 가난한 자도 동등하게 대우하는 의료를 목표로 정성을 기울였다. 그래서 진료소의 이념으로 "부자, 가난한 자, 모든 사람에게 평등하게"로 했다.

그러나 10년쯤 지나면서 "모든 사람에게"가 진정한 평등인가, 오히려 모순이 아닐까 하는 의문을 느끼기 시작했다. 사회에 많이 공헌한 지위 높은 사람과 돈도 능력도 없는 사람을 다 같이 동등하게 대하는 것은 사실상 불평등이 아닐까 하고 깨닫게 되었다.

결국 병원의 이념을 "부자, 가난한 자, 모든 사람에게 애정을 담은 의료·복지를"로 바꾸었다.

돈 없는 사람이 찾아오면 치료비를 할인해 주었다. 미노리병원에서는 그것이 가능했다. 나아가서는 "정답게, 친절하게, 정중하게"라는 마음가짐을 실현하기 위해 노력하였다.

사람, 인심을 잃으면 안 된다

2021년은 개업한 지 39년이 되는 해다. 그동안 우리 병원에서 장기 입원하다 사망한 사람이 수천 명이나 된다. 근처의 장례식장에서 자주 우리 병원이 화제에 오른다고 한다.

"어느 병원에서 돌아가셨는데요?"

"미노리병원에서요. 오랫동안 김 선생의 신세를 졌어요."

어머니가 늘 버릇처럼 말한 것이 있다.

"사람, 인심을 잃으면 안 된다."

"받은 은혜는 두고두고 기억해라."

"네가 좋은 일을 하면 너의 아이와 손자들이 복을 받을 것이다."

당시 일본 사람은 외국인에 대한 경계심이 강했다. 그런데 외국인인 나에 대해선 나쁘게 말하는 사람이 거의 없었다. 어머니의 말씀을 가슴에 새기면서 살아온 것인지 좋은 일이 많았다. 위의 어머니 말씀은 국경을 넘어 만민에게 통하는 것이며 그것은 오늘까지 줄곧 나의 정신적 지주가 되어 있다.

어머니는 늘 인간으로서의 삶의 태도를 가르쳐 주셨다. 세 번째 방한 때. 2000년 5월.

조선인 첫 인가 사업
'특별 양로원 청구원(靑丘園)' 개설

바늘구멍에 실을 끼워 넣는 것과 같은 어려운 사업 전개

나라와 현의 방침에 따라 미노리초에서도 양로원을 한 군데 설치하기 위해 모집이 있었다. 열심히 의료사업을 펼친 결과 지역에서 인심을 얻고 있던 나도 응모해 보았다. 양로원은 지금 같으면 비교적 쉽게 인가받을 수 있으나 그 당시는 당당한 공적인 인가 사업이었다.

내가 조선 국적이라는 이유도 있었고 다른 일본인 응모자도 있었기 때문에 후생성(오늘의 후생노동성)으로부터 좀처럼 인가가 나오지 않았다. 그러나 나를 신뢰해주는 도노우치 촌장이 "김 선생은 실적이 있기 때문에 다른 일본인보다 김 선생을 추천하겠다"고 말해준 덕택으로 나는 특별 양로원 청구원 설치 허가를 받을 수가 있었다. 인가 취득까지 3년이나 걸린 셈이다.

특별 양로원 청구원 완공 예상도. 1991년 12월 준공.

이경운 할머니와 청구원에서. 2000년 봄. 할머니의 큰아들 김대
현과 작은아들 김노현에게 많은 신세를 졌다.

'청구원'이라고 이름 지은 것은 조선반도를 중국 측에서 바라보면 푸른 언덕과 같이 보인다는 뜻의 이름이 있다는 것을 알고 있었기 때문이다. 조선반도에 붙는 또 다른 이름에는 삼천리 금수강산(三千里錦繡江山), 근역(槿域), 계림(鷄林), 한(韓) 등 백 개가 넘었다.

외국인이 양로원 설립 인가를 받기는 매우 드물며 더구나 조선 국적으로는 내가 처음이었다. 그 이전에 몇 건인가 한국인이 취득한 바 있다고 하나 이들은 다 귀화했기 때문에 '귀화한 한국인'이라 하겠다.

당연히 주목을 받아 후생성이나 현으로부터 많은 질문을 받게 되었다. 특히 '청구원' 명칭에 대한 거듭되는 질문에는 그때마다 같은 대답을 했지만 계속 집요하게 질문을 했다. 알고 있으면서 물어보는 것이다.

조선인, 한국인은 누구나 다 일본인 뒤에 숨어 제 모습을 드러내지 않던 시대다. 나는 조선인임을 숨기지 않고 정면에 내세웠기 때문에 다른 재일 동포와는 다르다고 생각한 것 같다.

이 양로원 설립이 나의 사업 가운데 처음으로 큰 산이었다. 이 일이 잘되어야 다음이 있다고 각오하여 있는 힘을 다하였다. 이것은 나에게 있어 바늘구멍에 실을 꿰는 것과 같은 매우 어려운 일이었다. 만일 이 허가를 얻을 수 없었다면 오늘과 같은 사업의 비약은 없었을 것이다. 그만큼 큰 분기점이 된 일이었다.

1991년 12월 드디어 '청구원' 설립이 이루어졌다. 이때 취재한 한국의 경제 전문지인 『동양경제일보』 지면에서 나는 다음과 같이 말했다.

지역복지의 거점이 되게끔 노력하겠다. 또한 아직 가본 적이 없지만 한국에 가면 경주의 나자레원과 교류하고 싶다. 양로원 일이 잘되면 그다음은 노인 보건 시설도 만들고 싶다.(1992.1.17)

나자레원이란 경주에 있는 시설로, 거기에는 한국인 남성과 결혼 했다가 일본의 패전으로 한국에 남게 된 고독한 일본 여성들이 살고 있다. 이 시설이 사회복지 법인으로 정식으로 인가된 것은 1972년 의 일이며 인가받게 될 때까지 이바라키현 나카시의 기쿠치 마사카 즈(菊池政一) 씨와 한국 노인 시설 협회 김용성 회장의 공헌이 컸다.

청구원 설립 당시 양로원에 대한 후생성의 감사는 심상치 않았 다. 보통이면 3~4년에 한 번 감사가 있는데 청구원에는 감사원이 매년 찾아왔다. 무엇을 하는지? 혹시나 나쁜 일이나 하고 있는 것은 아닌지? 아마 그렇게 생각한 것 같았다. 지금은 다른 법인과 같은 취급을 받고 있다. 일본의 국제화가 조금이나마 진행된 때문일까….

다행히 청구원의 운영은 순조로웠다. 세상인심도 많이 얻었으며 1993년에 '노인 보건 시설 미노리원(みのり苑)'을, 그리고 1997년에 는 '케어하우스 호센카(ケアハウスほうせんか)'를 설립하였다. 이렇게 하여 복지사업의 다음 단계로 전진할 수 있게 되었다.

도노우치 미쓰오 촌장과의 만남

나에게 있어 도노우치 미쓰오 씨는 실로 큰 존재였다. 미쓰오 씨는 1979년 70세 때 미노리초 촌장으로 당선되어 1990년까지 3기에 걸쳐 촌장을 역임하였다. 메이지 시대에 태어난 기골 있는 촌장이었다.

촌장이 되기 이전에는 미노리 낙농 협동조합 중심인물로 활약하여 이 마을의 낙농 발전에 크게 기여하였다. 〈땅 만들기, 풀 만들기, 사람 만들기〉의 삼위일체의 낙농 추진을 목표로 매진한 끝에 마을을 이바라키현의 모범 낙농 지역으로 발전시켰다. 어느 농가의 소가 병 걸렸다고 하면, 함께 자면서 소를 간호했다는 일화도 전해지고 있다.

내가 1982년 12월 8일 지금의 미노리초 니시고치(西郷地)에 19병상의 진료소를 만들 때와 양로원 청구원 설치인가를 얻을 때도 신세를 많이 졌다.

이바라키현 출신으로 나중에 자민당 소속 후생 사무차관이 된 소네다 이쿠오(曾根田郁夫)를 만나러 당사자인 내가 가야 하는데 나 대신에 도노우치 촌장이 내 아내와 함께 도쿄까지 가주었다. 그때 촌장의 진심 어린 추천이 있었기 때문에 인가를 받을 수 있었던 것이다. 소네다 사무차관은 내가 개업한 다음 해에 자민당 공천으로 참의원 의원에 당선되어 일본의 연금 제도의 기본 정책을 만들기도 하였다.

도노우치 촌장 집은 원래 미노리초 헤무로(部室)의 대지주이며 전쟁 후에 실시된 농지 개혁 이전에는 땅이 100정보 정도 있었다고 들었다.

'만주국' 건국 후인 1930년대 중엽 도노우치 씨는 만주 몽골(満蒙) 개척의 지도적 위치에 있었다. 만주 몽골 개척 청소년 의용군 설립

도노우치 미쓰오 촌장과. 1998년 1월.

도노우치 미쓰오 씨와 그의 우사(牛舍).

에 관여한 가토 간지(加藤完治)의 이념에 공감하고 그의 제일의 제자를 자칭하고, 겨울에도 매일 아침 5시에 기상하여 냉수욕을 했다. 가토는 도쿄대학을 나와 만주 몽골 개척 이민단 조직을 추진하고 1938년에는 우치하라초(內原町, 현 미토시)에다 만주 몽골 개척 청소년 의용군 훈련소를 개설하여 수만 명이나 되는 젊은이들을 대륙에 보냈다.

도노우치 씨는 나와는 사상이 다른 인물이다. 나는 본래 사회주의를 동경하여 그런 사상을 가진 사람이어야 진짜 친구라고 믿고 있었다. 그런데 도노우치 씨를 사귀고 나서 달라졌다. 인간적으로 아주 훌륭한 사람으로 언제나 큰 감명을 받았다. 나의 병원을 지역 의료로 생각해주고 음으로 양으로 도와주었다. 민족을 넘어선 아주 존경스러운 촌장이었다.

어머니가 늘 하시던 말씀이 있다. "사상 하나로 사람 판단하면 안 된다. 사상, 신조가 달라도 훌륭한 사람은 많이 있어." 아내도 맞장구를 치며 "이념, 심정, 심리는 귀중하지만 그것만으로 사람 판단하면 안 돼요."라고 했다. 물론 사람에게 사상, 신조는 필요하지만 그렇다고 그것만으로 일생을 살아나갈 수는 없다.

도노우치 씨는 말년에 걷기가 힘들게 되어 우리 그룹 홈에 입소하게 되었다. 백 살을 맞이한 백수(百寿)의 축하연을 이곳에서 하고 싶다는 본인의 염원대로 갓 신축한 미노리병원 로비에서 열었다. 국회의원, 현의원, 연고자들이 많이 참석하여 성대하게 열었다. 본인은 말할 것도 없거니와 가족들도 모두 기뻐해 주었으며 나도 자랑스럽게 생각했다. 도노우치 씨는 104세에 우리 병원에서 돌아가셨다. 나는 도노우치 씨의 도움을 많이 받은 행복한 사람이다. 오늘의 내가 있는 것도 다 그와의 만남이 있었기 때문이라고 생각한다.

한때 이런 일도 있었다. 개업 당시부터 구급병원 지정을 받고 있던 우리 병원은 경영상 한 사람이라도 더 많은 입원 환자가 필요했으나 미노리초의 구급 환자가 근처 도시의 병원으로 이송되는 일이 많아 이 때문에 나는 골치가 아팠다.

나는 평소부터 친하게 지내던 아사노 준(浅野純) 의원과 노무라 쇼하치로(野村昭八郎) 고문과 함께 아침 일찍 도노우치 촌장 집을

도노우치 미쓰오 옹(앞줄 왼쪽)의 〈백수 축하연〉. 중의원 의원 누카가 후쿠시로 선생도 달려왔다. 2008년 12월 6일.

도노우치 씨를 중심으로 하고, 왼쪽부터 시모야마다 도라노스케, 저자, 시마다 조이치, 노무라 다케카쓰, 이소베 다카시. 미노리병원 25주년 기념, 신관 신축 축하에서. 2007년 1월 28일.

아사노 준 의원(오른쪽)과 노무라 쇼하치로 고문(왼쪽). 그룹 홈 진달래 현관에서.

4형제의 며느리에 둘러싸여 행복한 어머니. 미노리병원 25주년 기념식에서. 2007년 1월 28일.

자서전 『生死海を尽くさん』 집필에 협력해
준, 친한 친구 야마모토 노리코 씨와. 2007
년 1월 28일.

방문하여 구급차가 우리 병원에 오도록 부탁하였다. 촌장은 등청
(登庁) 전 미노리 소방서에 들러 내 부탁을 그대로 서장에게 지시하
였다.

도노우치 촌장의 후임인 시마다 조이치(島田穣一) 현 오미타마(小
美玉) 시장, 시모야마다 도라노스케(下山田虎之介) 일본 베트남 우호
협회 이바라키 연합회 회장, 그리고 노무라 다케카쓰(野村武勝) 오
미타마시 상공회 회장을 비롯한 많은 사람들과의 뜻깊은 만남도
있었다.

이들과의 친교를 통해 세상을 알게 되고 많은 것을 이해하게 되었
으며 성장하게 되었다. 미노리초에서 개업하여 참으로 운이 좋았다
고 생각한다.

한국 국적으로 변경

1988년 9월 한국 수도 서울에서 제24차 올림픽이 개최되었다.
제2차 세계대전 후 건국된 나라에서 처음으로 열린 올림픽으로 이
는 조선 전쟁으로 북과 분단된 한국이 경제적으로 부흥했다는 것을
알리는 상징적인 사건이었다.

그 올림픽이 열리기 2~3년 전 한국계인 민단이 고향 방문 성묘단
을 모집하였다. 명목은 성묘이지만 실제로는 한국의 발전 모습을
재일 동포들에게 소개하는 것이 목적이었다. 한국 사회를 직접 눈
으로 보고 남북을 비교해달라는 것이 진짜 속내였던 것 같다.

성묘라고 듣고 아버지는 마음이 움직였지만 처음은 참가를 주저

하셨다. 부모가 다 조총련에 관여하고 있었으며 형도 조선 학교 교원이었다. 더구나 아버지의 동생은 북에 귀국해 있었다. 조총련과 대립하는 민단의 권유로 참가하는 것은 여러모로 지장이 있었다.

그러나 어머니의 한마디가 모든 것을 해결하였다. "우리는 조총련에 대해 해야 할 일은 다 했지 않나요. 당신은 조상의 무덤을 지켜야 하는 맏아들이 아니요. 나는 혼자서라도 갈 거예요." 결국 두 분이 참가하게 되었다.

아버지의 고향은 대구에 가깝다. 반세기 만에 조상의 무덤을 찾았다. 어머니는 이 성묘에 대단히 만족하셨고 일본에 돌아온 후 이렇게 말씀하셨다. "민단은 정말로 극진히 대접해주었다. 이런 여행은 다시는 없을 것 같다. 밤의 연회에서 화려한 의상을 입고 춤추는 소녀들 모습을 보고 감개무량했어요. 봉건주의 때문에 뒤떨어지던 한국이 이렇게까지 달라졌다니…" 그때가 어머니는 환갑, 아버지는 71세였다.

어머니의 이야기를 듣고 나도 꼭 한국에 가고 싶어졌다.

그 무렵 일본 언론에서는 〈한강의 기적〉을 대서특필하였으며 평론가 다하라 소이치로(田原総一朗)도 잡지 『분게이슌주(文藝春秋)』에 "한국은 테이크 오프했다"고 썼다. 평소부터 서적이나 미디어를 통해 한국의 발전상을 알고 있는 나였지만 한번 한국에 가서 내 눈으로 직접 보고 난 다음에 국적을 바꿀 생각이었다. 올림픽 후에야 한국에 갈 기회가 찾아왔다. 부모, 아내, 막내 정이와 함께 가서 성묘도 하였다. "백문이 불여일견"이란 이를 두고 한 말일 것이다. 발전한 한국의 모습은 나의 상상을 훨씬 초월했다.

북조선 중심의 건설이 아니라 앞으로는 한국 중심의 건설을 해야만 한다고 재삼 생각했다. 우리 내외는 방한 후 곧 국적을 한국으로 바꾸었다.

박정희 대통령

한국은 박정희 대통령이 경제적 기반을 닦은 덕택으로 '한강의 기적'이라 불리는 고도 경제 성장을 이룩하였다. 박정희는 경상북도의 몰락 양반의 자손이며, 가난한 농가 출신으로 교단에 섰다가 만주국 육군군관학교(사관학교)에 들어가 우수한 성적으로 졸업하였다. 후에 만주국 황제인 부의에게 금시계를 받을 정도였으니 상당히 우수했을 것이다. 그 뒤에 일본의 육군사관학교에 유학해 거기에서도 우수한 성적으로 졸업하였다. 조선 해방 당시 남조선 노동당(남로당)에 입당하였다. 1948년 10월 남로당 지시로 대한민국 국군 당원 장교들이 일으킨 여수/순천 사건 때 박정희도 체포되었다. 이때 남로당 내부 정보를 제공함으로써 군인으로서의 능력이 높다고 평가되어 사형 직전에 목숨을 건졌다. 도와주는 사람이 있었던 것 같다.

그는 일본의 교육 시스템에 대한 지식도 있었고 공산주의 사상도 개인적으로 공부했으며 국민을 어떻게 이끌어야 나라가 풍요해지는가를 알고 있었다. 1963년 12월 대통령에 취임, 1965년 6월 사토 에이사쿠(佐藤栄作) 내각과 한일기본조약을 체결하여 한국의 산업화를 실현하였다. 이승만 정권 시대에 비하면 부패도 적었고 남북

대치 상태에서 〈반공법〉을 실시하였다. 한국 발전을 위해 좋은 일을 많이 하였으나 그 수법은 위로부터의 개발 독재라서 반대 세력도 많았다. 반대 세력을 탄압하여 무고한 사람들을 마구 투옥시킨 일도 있어 1979년 10월 26일 측근에 의해 암살되고 말았다.

지금으로부터 십수 년 전에 한국 의사회 회장이던 문태준 씨에게 일본에서 강연을 부탁한 바 있다. 내가 한국에 갔을 때도 만났으며 박정희 대통령의 이야기를 직접 들을 기회도 있었다. 문태준 씨는 대통령의 고향에 가까운 지방 출신으로 서울대학교를 졸업하고 연세대학교 교수가 되었다고 기억하고 있다. 대통령의 의뢰로 한국의료보험제도 확립에 공헌하였다. 그때 대통령은 눈물 흘리면서 기뻐했다고 한다.

박 대통령에 대한 평가는 공과가 엇갈린다. 나의 학생 시대는 물론 지금도 "박 대통령은 나쁜 놈이다."라고 하는 사람이 있는데 나는 그가 좋은 일도 많이 했다고 생각한다. 한국 경제의 기초를 닦고 경제 발전에 많은 공헌을 했으며 역대 대통령 가운데 가장 높이 평가되고 있는 인물이다.

❦ 5 ❧

제2의 전환점

그룹 홈 설립과 운영

내 사업의 제2의 전환점으로 된 것이 그룹 홈 설립이다. 1997년에 개호 보험법이 시행되고 이바라키현에서도 세 군데의 그룹 홈 설립이 필요하여 모집이 진행되었다. 나도 지인을 통해 응모하여 현 내 첫 설립 인가를 받게 되었다. 이리하여 2000년 5월 〈치매환자 대응형 공동생활 양호 그룹 홈 코스모스〉를 양로원 청구원 옆에 설립하였다.

〈코스모스〉의 이념은 미노리병원과 마찬가지로 "부자, 가난한 자, 모두에게 애정을 담은 의료·복지를"이다. 사회적 약자나 돈이 없는 사람이라도 우리 시설을 마음껏 이용해주면 얼마나 좋을까, 그런 생각으로 이념을 정한 것이다.

일반적으로는 '고(高)부담, 고복지', '중(中)부담, 중복지'이지만 부담이 없는 만큼 봉사를 적게 한다는 '저(低)부담, 저복지'도 있다.

그러나 나는 처음부터 '저부담, 중복지'를 목표로 하였다. 자기 부담을 적게 하고 누구나 이용하는 질이 좋은 돌봄 서비스를 제공함으로써 이용자와 가족들로부터 감사를 받는 그런 시설을 머릿속에 그렸다.

그래서 직원들에게도 그런 시설로 만들도록 늘 노력해달라고 부탁했다. 이 이념은 그 후 설립되는 모든 시설에 적용되었다.

그룹 홈의 다양한 전개

〈코스모스〉를 반년, 1년 정도 운영해 보니 예상을 넘는 사랑을 이용자로부터 받았다. 앞서 말한 이념에 따라 직원들이 진심으로 이용자를 대한 성과일 것이다.

행운이 또 있었다. 그룹 홈에는 경영상 메리트가 많이 있다는 것을 발견했다. '쇠뿔도 단김에 빼라'고 했다. 다음 해부터 사업을 다양하게 전개하기로 결심했다.

〈코스모스〉 때에는 현에서 지원금을 받았지만 그 후로부터는 지원금 없이 시설을 만들도록 힘썼다. 남들이 그룹 홈의 실정을 잘 몰라 지원금만을 기대하여 대기하고 있는 사이에 나는 건축 인가를 받기 위해 근처의 시청과 촌 사무실을 찾아갔다.

그런데 인근인 이바라키초, 이시오카(石岡)시, 이와마(岩間)초[현 가사마(笠間)시]에서는 인가해주지 않았다. 이 지역이 아직은 외국인에 대한 이해도가 낮아서인지, 지원금은 필요 없다고 해도 인가를 해주지 않았다.

악전고투하고 있을 때 오미타마시 시의회 의원이며 상공회 회장인 노무라 다케카쓰 씨가 도와주었다. 시장, 촌장을 찾아갈 때 동행해준 결과 여러 시촌에서 인가를 받을 수 있었다. 많을 때는 연간 서너 군데에서 고사를 지내면서 그룹 홈을 설립하였다.

2006년 4월, 14번째 그룹 홈 〈모미지(もみじ)〉를 설립함으로써 내가 계획했던 시설 만들기는 다 끝났다.

결국 그룹 홈 설립 사업이 나의 제2의 행복이었다고 말할 수 있다. 이것이 없었다면 사업체는 그리 튼튼하지 못했을 것이다. 아마 일반적인 일본 병원이나 양호 시설 운영 수준에 머물고 있었을 것이다.

그룹 홈의 다양한 전개, 바로 이것이 사업체의 경제적 체력에 여유가 생겼다. 양로원과 더불어 높은 산과 큰 장벽을 넘어선 것이

그룹 홈 〈오아라이〉의 준공식에서. 왼쪽부터 이케다 이사오, 아내, 다야마 도코, 노무라 쇼하치로.
2004년 3월 27일.

오늘의 내 힘의 원천이 되었다.

학교 창립에 이어지는 이용자의 말

지역 밀착형인 그룹 홈은 지금은 지역 주민밖에 이용할 수 없지만 설립 당시에는 전국 각지에서 입소가 가능했다.

2002년 설립의 〈모쿠렌(もくれん)〉에 사이타마(埼玉)현의 어느 고령 여성이 입소하였다. 그의 가족이 자주 찾아와 정성스런 돌봄에 감동을 하여 흡족한 마음으로 이바라키현청에 전화를 건 것 같다.

"김정출 선생의 그룹 홈에서는 우리 어머니를 정말 정성과 애정을 다해 친절하게 돌봐주고 계십니다. 이런 시설은 사이타마에는 하나도 없습니다."

그때부터 현은 서서히 나에 대해 우호적으로 좋게 보게 된 것 같다. 외국인이지만 환자나 시설 이용자를 대할 때 상대가 일본인이건 조선인이건 구별 없이 돌봐주며 현의 의료 양호정책에 공헌을 하고 있다는 소문이 났다.

나는 지금은 일본인과 같은 대접을 받고 있다고 느끼고 있다. 이러한 현의 이해가 있었기 때문에 이것이 토대가 되어 후일의 학교 창립의 길이 열렸기 때문이다. 이러한 좋은 환경 속에 나중에 일본 학교 교육법에 따르는 소위 1조교 〈청구학원 쓰쿠바 중학교/고등학교〉 설립 허가를 받을 수 있었다.

제3장

보육원, 인권 문제 그리고
한국어 학교 설립

1

보육원이 모자라면 내가 만들겠다

지원금 없이 보육원 설립

약 15년 전 텔레비전이나 신문에서 "보육원이 모자라 아이를 맡길 데가 없어서 일을 나가지 못한다"는 뉴스를 자주 접했다. 자, 그렇다면 내가 나서보자. 병원과 양호 시설처럼 보육원을 만들면 많은 사람들에게 도움이 될 것이다, 그렇게 생각하여 즉각 실행에 옮겼다.

보육원 설립에는 복지 시설과 마찬가지로 지방 자치체에서 지원금이 나오지만 나는 처음부터 그럴 생각은 아예 접었다. 될수록 빨리 보육원을 만들기 위해 우리 사업체에 있는 여유 자금을 사용하기로 하였다.

일본 사람은 지원금을 받으려고 구청에 신청을 한다. 나는 외국인이고 특별한 정치력도 없다. 일본인처럼 신청해 지원금만 믿고 기다리다가는 언제 인가가 날지 모른다. 재일조선인/한국인이 일본인보다 유리한 것은 하나도 없다. 이는 단언할 수 있다. 이와 같은 불리한 조건을 박차고 나갈 지혜와 기력을 가지지 못하면 결코 우리는 살아남을 수 없다.

　당초는 이바라키현청 소재지인 미토시에 설립하고자 생각하여 여러 곳을 돌아다녔지만 실현되지 못했다. 다음으로 쓰쿠바 시청을 찾아갔다. 쓰쿠바시는 교육 연구 도시로 도심에 가깝기도 해서 인구가 급증하여, 보육원 부족 문제가 매우 심각하였다.

　"보육원을 만들어서 일하는 어머니들을 도와주고 싶다. 지원금은 일체 필요 없으니…" 시청에서 온 힘을 다해 호소하였다. 보육원 정비를 생각하고 있던 시로서는 지원금이 필요 없다는 소리를 듣고 반가웠던지 "잘 부탁하겠다"고 허가를 내주었기에 나는 즉시 보육

〈푸른 언덕 보육원 쓰쿠바〉 준공 축하회. 어머니를 중심으로 아내와 동생들과.

원 설립을 착수하였다.

2010년 4월 쓰쿠바시에 인가 보육원 〈푸른 언덕 보육원 쓰쿠바〉를, 그리고 2년 후에는 인가 외의 〈푸른 언덕 보육원 니노미야(二の宮)〉를 개원하였다.

나중에 알게 된 일이지만 〈니노미야〉 아이들은 다음 해가 되면 다 인가 보육원 쪽으로 이동해버린다. 〈쓰쿠바〉 쪽이 직원도 많고 조건이 좋았기 때문이다.

이래서는 안 된다고 생각한 나는 시와 상담하여 인가 외 보육원을 인가로 변경 받았다. 이리하여 현재 두 군데 인가 보육원을 운영하고 있다.

"어린이는 나라의 보배입니다. 애지중지 키웁시다"

쓰쿠바시는 시촌 합병을 거듭해왔지만 〈푸른 언덕 보육원 쓰쿠바〉는 시에서 17번째로 설립된 보육원이다. 모든 것을 자기 자금으로 했기 때문에 시와 보호자로부터 깊은 감사를 받고 있다.

그 후 나라와 시촌이 보육원 정비를 적극 추진한 결과 지금 쓰쿠바시만 해도 70개소가 되지 않을까?

최근에는 수입이 좋다는 이유로 보육원을 만드는 사람이 늘어나고 있지만 내 경우는 생활상 고난을 겪고 있는 어머니들을 돕고자 시작하였다. 그러므로 채산이 맞는지 어떤지는 부차적인 문제였다. 그러나 막상 시작해보니 의외로 사업으로도 잘되어 가고 있다.

무슨 사업이든 시작하기에 앞서 우선 이념이 있어야 한다. 나의

보육원 이념은 이렇다. "어린이는 나라의 보배입니다. 애지중지 키
웁시다."

직원들에게 그런 마음으로 아이들을 돌봐달라고 간절히 바라고
있다.

보육 사업은 어린이와 보호자로부터 감사의 마음을 받으면서 다
음 세대를 키우는 일이기 때문에 매우 보람 있는 사업이라고 생각한
다. 나는 자기 사업의 결정판으로 재일 동포 자제들을 위한 학교를
만들고 싶다고 오랫동안 꿈꿔왔다. 보육원은 교육 사업으로는 학교
에 제일 가깝다. 그런 의미에서 실은, 보육원을 학교 만들기의 준비
단계로 당초부터 생각하고 있었다.

2

인권 문제와의 투쟁

칠레 아젠다 정권 전복의 충격

1973년 9월 11일 칠레의 아젠다 정권이 전복되었다. 미국 CIA에 의해 타도된 것이다. 1988년 4월 미토시의 게이세이 호텔에서 나는 몇몇 친구들과 함께 영화〈계엄령하 칠레 잠입기(潛入記)〉(1986)를 보았다. 충격적이었다. "인권이 정말 중요하구나. 이제부터 인권 활동 중심으로 살자." 그렇게 결심하는 계기가 되었다.

당시 조선 국적이던 나는 일본법을 지키고 있으면 살아나갈 수 있었으나 그렇다고 일본 정부가 일본인이 아닌 우리를 지켜주지는 않는다. 또한 본국이 재일 동포를 보호해주는 것도 아니다. 물론 본국에 대한 기대는 없었지만….

북조선과 한국의 인권 상황에 대해서는 알고 있었다. 북조선은 신뢰할 수가 없고 오히려 비판 대상이었다. 한편 한국은 원래 인권 침해가 심해서 일본에서도 자주 문제시되었다. 재일 동포가 그 무슨 발언을 좀 하면 잡아서 감옥에 처넣고 고문을 가했다.

나의 주위에서도 홋카이도대학의 어떤 선배 동포가 기술자로 포항종합제철(현 포스코, POSCO, 세계 최대급의 철강 메이커)에 초빙되어 갔다가 체포되어 형무소에 끌려갔다. "이런 짓을 하면 안 된다." 고 직언한 것이 문제가 된 것 같았다. 그 선배는 일본인이 아니기 때문에 일본 당국의 도움을 기대하지 못했다. 이만큼 인권이 중요한 것이다.

앰네스티 인터내셔널 일본 미토 그룹 설립

인권 문제에 대한 관심이 커지면서 앰네스티 활동을 결심하였다. 앞에서 말한 칠레 영화가 계기가 되어 세계 최대의 국제 인권 NGO인 앰네스티 인터내셔널에 참가했다. 이리하여 1988년 6월 나와 아내, 그리고 몇몇 친구들의 힘으로 앰네스티 인터내셔널 일본 미토 그룹을 설립했다.

1961년에 발족한 앰네스티 인터내셔널에는 현재 200개국 700만 명 이상이 참가하고 있다. 국경을 뛰어넘은 자발적인 시민운동으로 "자유, 정의 그리고 평화의 기초를 뿌리내렸다"고 높이 평가되어 1977년에 노벨 평화상을, 다음 해에는 국제 인권상을 수상하였다.

〈앰네스티 인터내셔널 일본〉은 일본 지부로서 1970년에 설립되었다. 세계 각지에서 발생한 인권 침해를 국내에 알림과 동시에 일본의 인권 상황을 세계에 널리 알리고 있다.

미토 그룹을 세우기는 했으나 초창기에는 사람들이 모일 장소도

〈앰네스 미토〉 준공 피로연. 어머니와 형제, 아내, 동료들과. 2006년 2월 25일.

없었기에 교회나 집회소 혹은 현의 시설을 빌려가면서 활동하였다. 나는 친구들에게 "좀 더 돈벌이가 되면 앰네스티 사무소를 만들게." 라고 하였다.

　마침 매매 물건으로 나와 있던 미토역 앞의 땅을 구입, 2006년 2월 〈앰네스 미토(あむねすみと)〉라고 이름 지은 오피스 빌딩을 건립하였다. 빌딩 안의 한 공간을 미토 그룹 사무소로 사용했다.

반정부 활동가 서승 씨를 초대

　1995년 재일 동포 2세인 서승 씨를 미토 그룹으로 초대하여 강연회를 열었다. 오랜 감옥살이에서 그가 석방된 지 수 년 후의 일이다.

그는 1945년 4월생이기에 나보다 한 살 위일 것이다. 교토(京都) 호리카와(堀川)고등학교를 나와 도쿄교육대학[현 쓰쿠바대학(筑波大学)]을 졸업하고 서울대학교 대학원에 유학 중이던 1971년 국가보안법 등 위반 혐의로 KCIA(대한민국 중앙정보부)에 체포되었다. 형제가 간첩 활동을 했다는 것이다.

아마 한국 반정부 활동가들과 연락을 취하면서 같이 움직이다가 잡힌 것이리라. 그해의 1심에서 사형, 다음 해의 2심에서 무기 징역 판결을 받았다. 박정희 정권 시대에 장기간 감옥 생활을 하면서 고통을 견디다 못해 스스로 기름을 뿌리고 불을 붙인 것 같다. 얼굴에 심한 화상을 입었다.

그가 투옥 중일 때 조총련계 동포들은 박정희 정권이 얼마나 잔인한 정치인가라고 하면서 서승 학생을 반 박정희파의 상징으로 내세웠다.

그의 어머니 오기순의 수기 『아침을 못 보면서 - 서 형제 어머니 오기순의 생애』(오기순 여사 추도 문집 간행위원회 편, 1980)를 발간하였다. 그는 아들이 석방되기 전에 세상을 떠났지만 이 수기는 한때 재일 동포들에게 커다란 반향을 불러일으켰다. 책과 같은 제목으로 연극으로 상영되기도 했으며 미토의 현민문화센터에서 상영되었을 때는 나도 보러 갔다.

그런데 그가 무기 징역에서 징역 20년으로 감형되어 1990년에 가석방되자 조총련계 동포들은 모른척하기 시작했다. 이전과 태도가 완전히 달라졌다. "출옥했으니 정치적 이용 가치는 없어졌다. 죽을 때까지 형무소에 있는 편이 좋았는데…"그런 기대가 있었는지도…. 이 사실은 재일 동포 치고 모르는 사람이 없을 것이다.

서승 씨는 끝까지 자백을 거부, 동지를 배반하지 않았기 때문에 그에게 은의를 느끼는 사람도 많을 것이다.

아마도 그는 이북의 실상을 오래전부터 알고 있었던 것 같다. "이북이 저런 사회라면 나는 이북을 위한 민주화 운동을 안 했을 것이다." 그런 그의 말을 누군가에게 들은 바 있다. 아마 사실일 것이다. 자기희생의 대가가 무정한 배반이었다니 그는 원통함을 금할 길이 없었을 것이다.

사람은 두 번 살 수는 없다. 일단 민주화 운동의 상징이 돼버리면 더는 거기서 빠져나오지 못한다. 어쩔 수 없는 일이지….

한국 정치가 김대중 시대가 된 1998년 그는 일본 리쓰메이칸(立命館)대학 법학부 교수(비교 인권법)가 되었다. 2002년에는 이 대학 국제지역연구소 전임 연구원이 되었으며 2005년부터 2010년까지 코리아연구센터 센터장을 하였다. 김대중 씨의 응원도 많았으며 서승은 퇴임한 김대중 씨를 2007년에 코리아연구센터에 초청했다.

서승 씨는 수감 중인 1973년 앰네스티 인터내셔널의 양심수로 선출되었으며 세계 각지를 강연하며 순회하고 있었다. 미토 그룹에서도 그를 위한 모금 활동을 벌였으며 강연회 때에는 함께 식사도 하였다.

바르게 살고 옳게 죽는 것이 얼마나 어려운 일인가

정경모라는 재일한국인 평론가이자 통일 운동가가 있다. 1924년 일본 통치하의 서울에서 태어나 게이오(慶応)대학 의학부 예과를 수료 후 미국에 유학 갔다. 판문점에서의 조선 전쟁 정전 회담에서는 통역을 맡았다. 한국 군사 독재 정권을 비판하고 1970년 일본으로 건너와 한국의 민주화를 호소하였다.

내가 결혼한 1972년경 종합 잡지 『세카이(世界)』(이와나미 서점)가 T·K생(본명·지명관)의 민주화 관련 글을 '한국에서의 통신'이란 제목 아래 연재하고 있었으며 나는 매회 기대하면서 읽었다.

같은 시기 정경모가 도쿄 시부야(渋谷)의 빌딩의 한 방에서 〈씨알의 힘〉이라는 개인 연구방을 열고 있었다.

나는 열심히 다녔다. 어느 날 그가 나에게 이렇게 말하였다.

"김정출 씨, 사람이 바르게 살고 옳게 죽는 것이 얼마나 어려운 일인가."

그는 1989년 한국 민주화 운동에서 큰 역할을 하였다. 소꿉동무며 민주화 운동가, 통일 운동가인 문익환 목사와 함께 일본에서 비밀리에 북조선을 방문, 김일성 주석과 회담을 하였다.

다음 해 1990년에는 북조선 주도하에 통일 운동 기구 〈조국 통일 범민족 연합〉(약칭 범민련)이 발족되고 북과 남 그리고 해외에 각 본부가 설치되었다.

남측 본부 의장이 된 것이 문익환 목사였다. 1987년 6월 29일 대통령 후보 노태우가 '민주화 선언'을 하고 얼마 되지 않아 민주화가 달성되자 문익환 목사는 "범민련 책임자를 그만두고 싶다"고 말하였다. 그러자 북을 지지하는 주체사상파(주사파) 학생들이 "그런 일은 허용할 수 없다. 내가 이 자리에서 배를 갈라 죽겠다" 하면서 협박했다. 문익환 목사는 충격으로 졸도하고 상당한 스트레스를 입은 결과 1994년 심근경색으로 사망하였다.

한편 유럽 본부 의장은 서독에 정치적으로 망명한 세계적으로 이름난 작곡가 윤이상 씨가 맡았다.

그는 1917년 일본 통치하의 경상남도 통영에서 나고 배움의 길로 두 번쯤 일본에 갔다 왔다. 해방 후 한국에서 음악 교원을 하다가 1956년 파리 국립 고등 음악원에 유학, 다음 해에 베를린 예술대학에 입학하여 음악 활동을 하고 있었다.

1963년 이후 빈번히 북한을 방문하고 김일성 주석과의 친교가 깊어갔다. 그러나 1967년 서베를린에서 KCIA에 피랍, 서울로 연행되어 고문을 당하고 간첩 용의자로 사형 선고를 받았다.

세계적으로 저명한 많은 예술가들의 청원 운동으로 감형되어 무기 징역이 된 후 1969년 대통령 사면으로 석방되었다. 그 후 서독으로 추방되어 1971년 독일에 귀화하였다.

그는 서독에서 범민련 유럽 본부 의장으로 한국 민주화를 위해 큰 역할을 하였다. 한국이 민주화되고 김영삼 정권 때 "최후는 고국에서 뼈를 묻고 싶다"고 신청하자 김영삼 대통령으로부터 "고국에 돌아와도 좋다"는 긍정적인 답을 받았다.

그러나 역시 주사파 학생들이 대거 몰려와 문익환 목사 때와 마찬가지로 "이제 와서 전향은 용서할 수 없다. 내가 이 자리에서 배를 갈라 죽겠다"고 협박했다고 한다. 그는 충격을 받고 그만 쓰러져버렸다. 문익환 목사가 사망의 다음 해인 1995년 베를린의 병원에서 뇌졸중(腦卒中)으로 서거하였다.

이상의 정보는 이전에 내가 읽고 있던 종합 잡지 『세카이』 등에서 얻은 것으로 다 남북 분단이 가져다준 비극이다.

김지하 씨의 경우

김지하 씨는 한국의 유명한 시인이며 사상가다. 일본 통치하의 1941년에 전라남도 목포시에서 태어나 중학 시절부터 시를 쓰기 시작, 서울대 재학 중에도 시 작품을 발표하고 있었다.

1961년 5월 16일의 군사 쿠데타를 거쳐 박정희 정권이 등장한 이후 반정부 활동에 박차를 가했다. 1970년 박 정권을 신랄히 비판한 장편시 〈오적〉을 발표, 반공법 위반으로 체포되었다.

〈오적〉은 한국과 일본에서 큰 파문을 일으켰다. 일본에서는 공산당 기관지 『아카하타(赤旗)』 기자 하기와라 료(萩原遼)가 번역하고 1971년 주오코론샤(中央公論社)에서 『오랜 어둠의 저편에(長い闇の彼方に)』란 제목을 달아 출판한 것을 계기로 김지하의 이름은 일본에서도 널리 알려지게 되었다. 이때 하기와라 료는 시부야 센타로(渋谷仙太郎)란 필명을 사용하고 있었다. 본명은 사카모토 다카오(坂本孝夫)인데 이데 구주(井出愚樹)란 별명도 가지고 있었다. 덧붙여서 말한다면 이데 구주란 필명은 이데올로기를 비꼬아 만든 것이다.

위의 저서에서 하기와라는 〈오적〉에 대하여 다음과 같이 해설했다.

이 〈오적〉이란 재벌, 국회의원, 고급 관료, 장군, 장·차관을 가리키며 오늘의 한국에서는 나라를 망치는 악인의 대명사가 되고 있다. 조선에서 보통 오적이라 하면 1905년 제2차 한일 협약에 서명하고 나라를 일본에 팔아넘긴 다섯 명의 대신들, 을사오적을 가리키는데 현대판 오적도 다시 일본에 예속되어 국민과 국토를 그들의 손으로 넘기려 하다가 김지하뿐만 아니라 국민들의 원망의 대상이 되고 있다.

김지하 씨는 그 후 몇 번이나 투옥되면서 전부 7년이나 감옥살이를 했다. 한국이 민주화되자 사람들은 그를 민주화 운동의 상징으로 치켜세웠다.

그러나 그는 자신의 정치적 입장을 "중도 진보"라고 하면서 10년간의 진보 정권하에서 특히 노무현 정권에 대해 신랄한 비판을 가하였다.

2012년 대통령 선거에서는 자기를 탄압하던 박정희 전 대통령의 딸 박근혜를 지지했으며 그 때문에 문재인을 지지하는 좌파 집단으로부터 "배반자, 변절자"라고 매도되었다. 그의 아내의 어머니는 소설 『토지』의 작가 박경리 씨이다.

어느 재일 1세 상공인

내가 아는 사람으로 해방 후부터 북조선을 지지하여 북조선과 조총련 사회에 많은 공헌을 해온 어떤 활동가가 있다. 조총련 간부로 거액의 기부를 하고 많은 동포를 북조선에 귀환시켰으며 그리고 이바라키현의 조선 학교를 위해 큰 공헌을 한 상공인이다. 하도 공적이 커서 북조선 정부에서는 그를 아내와 함께 방북하도록 초대하였다.

일본에 돌아온 후 어느 날의 일이다. 우리 부부와 회식을 하는 기회가 있어 그때 술을 마시면서 그가 한 말인 즉,

"김 선생, 그 나라, 북은 사람 사는 데가 아니라요."

나중에 그는 나의 병원에서 별세하였다. 그때 많은 동포와 조총련에서 추도 꽃다발을 보내왔다.

그의 일생을 보면 일관되어 있는 것 같지만 실은 그렇지 않았다. 주어진 자리에서 내려오지 못했던 것이리라.

이처럼 조선반도의 통일 운동에 관여한 사람들은 자기의 초심과 다른 결말을 맞이하고 있다. 그것을 볼 때마다 나는 "바르게 살고 옳게 죽는 것이 얼마나 어려운 일인가"라는 정경모의 말을 떠올린다.

강연회에서 배우다

앰네스 미토 그룹에서는 자주 많은 강사를 초대하여 강연회를 열었다. 앰네스티 인터내셔널 일본 지부장인 이데스 한손 씨, 작가며 예능인이고 국회의원이기도 하며, 다채로운 활동력을 가진 나카야마 지나쓰(中山千夏) 씨 등 많은 저명인사들이 와주었다.

억울한 누명을 쓰고 사형 판결을 받은 멘다 사카에(免田栄) 씨에

게는 3회 강연을 부탁하였다. 그 밖에 모국에서 인권 침해를 당한 일본 거주 티베트인, 위구르인, 방글라데시인 등 헤아릴 수 없는 정도로 다양한 외국인들의 강연이 있었다.

나는 앰네스티 강연회에는 반드시 출석하려고 했다. 강사들은 그만한 지식과 교양을 갖춘 우수한 사람들이다. 나와는 전혀 다른 인생길을 걸어왔고 국적도 놓인 환경과 직업도 다르다. 그런 사람들과 만나 이야기를 나누면 공부가 되고 자신의 시야가 넓어지는 것 같아서 그렇다.

⟨ 3 ⟩

한글 아카데미
〈가나다 한국어 학원 일본교〉 개설

한글이 나라를 구하였다

나는 한국어를 어린 시절 재일 동포 아이들이 다니는 오후 야간 학교에서 배웠고 대학 입학 후에는 독학으로 익혔다.

배우면서 무슨 말이건 그렇겠지만 언어에는 그것을 사용하는 민족의 혼이 숨 쉬고 있다는 것을 느꼈다. 특히 조선어(한국어)는 상대에게 호소하는 힘이 강한 언어다.

조선반도는 오랫동안 중국에 침략당했으며 후에 일본의 식민지로도 되었다. 그러면서도 줄곧 나라를 유지할 수 있었던 것은 고유한 조선 문자인 한글이 있었기 때문이라고 나는 확신하고 있다.

한글은 조선왕조 제4대 국왕 세종(재위 1418~50)이 민중들도 알기 쉽게 학자들을 모아 만들어낸 문자다. 훈민정음이라고 하여 1446년에 반포되었다. 훈민정음이란 문자 그대로 백성을 가르치는 옳은 소리(말)라는 의미이다. 한글이라고 불리게 된 것은 한말인 1900년 전후에 주시경(1876~1914)에 의해서이다. 한글은 "위대한 문자"란 뜻이다.

해설서인『훈민정음』은 한글의 성립과 원리를 서술한 책인데『조선왕조실록』에 그 존재가 언급되어 있음에도 불구하고 오랫동안 찾아내지 못하다가 겨우 발견된 것은 1940년의 일이다. 책이 있던 곳은 경상북도 안동의 한 옛날집(舊家)이며 발견자는 국한문학자 김대준(1905~49)이었다. 사회주의자이며 언어학자인 그는 이승만 시대에 형장의 이슬로 사라졌다. 발견된 책은 문자 창제의 귀중한 기록서로서 1997년 유네스코 세계기록문화유산으로 등록되었다.

가나다 한국어 학원 일본교를 설립

나는 민족어에 대한 각별한 애착을 가지고 있다. 조선반도에 뿌리를 내린 사람들은 어디에 살건 고국의 말을 익히고 그것을 가지고 서로 의사소통을 해 단결하게 되면 좋다고 생각하고 있다.(제5장 참조)

또 나는 언젠가는 재산을 바쳐 민족 학교를 설립하여 본국에서 우수한 선생님을 초빙해 재일 동포 자제들에게 한국어를 가르치고 싶다는 꿈을 가지고 있었다.

이리하여 2006년 3월 오피스 빌딩 〈앰네스 미토(あむねすみと)〉 완공에 발맞추어 빌딩 2층에 서울에 있는 〈한글 아카데미 가나다 한국어 학원〉의 기술 제휴교 〈가나다 한국어 학원 일본교〉를 개교

〈가나다 한국어 학원 일본교〉의 중개역을 맡았던 대학 후배 한기덕 씨(왼쪽)와 서울 〈가나다 학원〉에서 파견한 강사들과. 2006년 2월 25일.

하였다.

가나다 한국어 학원은 1991년 서울에서 창립되어 한국에서 처음으로 허가를 받은 한국어 교육 전문학교다. 거기에서 매년 3명 정도씩 전임 교원을 파견받아 일본에 있으면서 살아있는 한국어를 배울 수 있게 하였다.

개교와 앰네스 미토에 대한 취재를 한 도요게이자이닛포(東洋経済日報)는 "가나다 한국어 학원 일본교 미토 설립 축하피로연, 재일 한국인 김정출 씨가 유치 앰네스 미토 사무소도"라는 헤드라인 아래 다음과 같이 보도하였다.

3월에 개강하는 〈한글 아카데미 가나다 한국어 학원 미토교〉

가 입주하는 빌딩의 준공 축하 피로연이 25일 미토시내 호텔에서 열려 약 200명이 참석하였다.

　가나다 한국어 학원은 한국에서 개인이 설립한 학원으로 최대 규모의 학원이다. 의료 법인 정신회/사회복지 법인 청구 김정출 이사장이 힘을 쏟아 이번의 일본 유치가 된 것이다.

　학원이 입주한 빌딩 이름은 〈앰네스 미토〉. 국제적으로 인권 운동을 추진하는 앰네스티 인터내셔널의 활동에 도움을 주기 위하여 김 이사장이 동 단체의 미토 그룹에 빌딩의 한 방을 사무소로 제공, 빌딩 이름도 그에 따라 지어졌다.

　김 이사장은 "재일한국인으로서 차별을 체험하고 많은 인권 침해를 보아오면서 차별 없는 사회가 되는 데 도움이 되면 좋겠다"고 앰네스 미토의 창설에 큰 기여를 하였다. 한국어 학원 설립은 교육 사업에 종사하고 싶다는 오랜 염원의 실현. 앞으로는 의료 복지와 교육 사업에 힘쓰고 싶다."고 인사하였다.

　피로연에서는 앰네스티 소속인 오페라 가수의 노래와 한국 사물놀이 공연 등이 펼쳐졌다. (2006.3.3)

개교된 지 반년 지나 도요게이자이닛포 신문사에서 다시 취재하러 왔다. 이바라키를 거점으로 한일 문화 교류를 촉진하려던 나에 대한 인터뷰였다. 신문은 "풀뿌리 한일 교류를 지향하는 김정출 씨에게 듣다"라는 헤드라인으로 다음과 같은 내용을 보도하였다.

한국어 학원 일본교의 반향은 좋으며 70대 남성으로부터 초등학생까지 폭넓은 층의 사람들이 한국어를 배우고 있을 뿐만 아니라 한류 효과도 있어 모친과 딸이 함께 배우거나 직업상 이유로 개인 수업을 받는 회사원 등 40명 전후가 수강하고 있다.

나는 쓰쿠바시에도 한국어 학원을 개설할 생각이었다. 그에 관해서는 인터뷰에서 이렇게 대답하였다.

시설을 매입하고 한국어 마을을 만들고자 한다. 한국은 지금 영어 교육에 힘을 넣고 있으며 각지에 영어 마을이 생기고 있다. (중략) 그것을 본뜬 한국어판 이미지다. 이는 이익 추구가 목적이 아니라 한국 문화를 일본에 알리고 서로 이해를 깊게 하는 것을 목적으로 하고 있다. (중략) 미토시와 쓰쿠바시 양쪽에서 개설하면 상승효과를 낳을 것이다.

또한 문화교육 사업을 개인의 힘으로 추진하는 것에 대해서는 다음과 같이 대답하였다.

조직이 아니라 개인이기에 오히려 자유로이 할 수 있다. 한국어와 한국 문화를 배우고 싶으나 기회가 없었다고 하는 동포들에게 '배움의 장소'를 제공하고 싶다. 민단도 세대교체가 촉진되어 2세 중심 조직으로 되어가고 있는데 유감스럽게도 한국어를 잘 모르는 간부들도 있다. 예를 들면 한국어 교육이 절실한 민단 지방 본부 단위로 한국어를 배우는 합숙을 전개하면 어떨까. 일본 사람들도 살아있는 한국어를 접할 수 있는 좋은 기회가 되는 뜻깊은 일이 될 것이다. (2006.10.13)

그 후 쓰쿠바시와 도쿄·우에노에도 학원을 설립했으나 현재 휴교 중이다. 어쨌든 이 교육 사업이 나중에 청구학원 쓰쿠바 중학교·고등학교 창립으로 이어지게 되었다.

제4장

청구학원 쓰쿠바 중학교·고등학교 창립
– 한일 문화를 배우는 1조교

1

1세의 원통함을 짊어지고 - 원한을 풀다

1세의 원한을 들으며 자라다

나는 어릴 때 조선인 연립주택에 살며 많은 재일 동포들과 더불어 지낸 다음에 초등학생이 되어 단독주택으로 이사하였다. 중학생, 고교생 무렵부터 다시 동포들과 만나는 기회가 늘어나 부모가 관여하던 조총련계 사람들의 이야기를 자주 듣게 되었다.

나는 역시나 윗사람과 장단이 잘 맞는지 대학 입학 후에도 1세 동포들로부터 많은 귀여움을 받았다. 파친코 경영으로 성공한 사람이 때때로 불고기나 밥을 사주기도 했다. 불고기를 먹으면서 들은 이야기를 지금도 잊지 못한다.

"우린 나라 잃은 백성이 되어 우리나라에서 못 살게 되어 중국으로 건너가 갖은 고생을 겪었지만 자네들은 좋은 시대에 태어났구만. 행복이야. 열심히 공부해서 좋은 사회를 만들어 줘. 앞날에 자네들이 조국을 잘살게 해주면 더 이상의 한이 없어. 우리의 원한을 풀어줘.”

나라 잃은 백성은 상갓집 개만도 못하다 — 학생 시대 1세로부터 자주 들은 말이다.

또한 한국어에는 “한을 푼다”는 말이 있다. 자기들이 다하지 못한 원통함, 쌓이고 쌓인 원한을 풀어달라는 뜻이다.

앞서 소개한 1세 동포는 중국에 오래 살다가 거기서 쌓은 재력으로 일본·삿포로에 민족 학교를 설립했다.

나는 대학 졸업 후 도쿄, 요코하마, 이바라키 등지를 옮겨 다니면서 각지에서 애국심을 가진 훌륭한 1세를 많이 만났다. 그들도 제각기 뜨거운 마음을 안고 있었지만 조국을 둘러싼 환경과 상황이 너무 힘들어 뜻을 이루지 못한 채 모두 세상을 떠났다. 지금 살아 있으면 아마 120세, 130세가 되는 사람들이다.

헛수고가 된 조국을 위한 공헌

조선인이 일본으로 건너온 것이 1910년의 ‘한국 병합’ 이후이기 때문에 벌써 100년 이상이 되는 셈이다. 재일 1세 가운데 적지 않은 사람이 경제 활동을 통해 어느 정도 성공하여 축적된 재산도 많았다. 그들은 한때 시코쿠나 규슈의 섬을 하나 사들일 만큼 돈을 가졌다고, 이것 또한 학생 시절에 자주 들은 이야기다.

1세는 1세대로 북조선이나 한국의 건설에 공헌하고자 재산을 조국에 바쳤다. 그러나 나라가 둘로 분단되어 나라 자체가 곤란을 겪음에 따라 그들이 바친 재산은 빼앗겨 전부 없어졌다. 나라가

가로채고자 한 것은 물론 아니나 결과는 이용당한 셈이 되었다.

그때 그 재산을 보전하고 잘 운영하며 재일의 입장을 지키면서 나라와 잘 소통할 수 있는 우수한 인재가 있었다면 재일 동포는 이처럼 비참해지지는 않았을 것이다. 나는 이런 생각을 할 때마다 아쉽고 분한 마음이 든다.

1세의 원한을 풀기 위해서는 교육 사업 밖에 없다

나에게는 1세들의 원한이 붙었는지, 몸 건강하고 의사로서의 사회적 지위도 있으니 만큼 어떻게든 1세들의 원통함을 풀어주고 싶다는 생각이 강해졌다.

앞서 말한 것처럼 일본이 고령화 사회로 되어갈 무렵 나는 양로원 설립을 위해 미노리초에서 맨 처음으로 양로원 복지사업을 시작했다. 그리고 조선 사람으로서 처음으로 인가를 얻어 1991년에 〈특별 양로원 청구원〉을 만들었다. 또한 그룹 홈 설립에도 응모하여 인가를 취득하고 2000년에 〈그룹 홈 코스모스〉를 내놓았다. 그 후 수년 내에 그룹 홈의 확장을 통해 경영 성과를 착실히 올려 나갔다.

지역에 대한 공헌이 인정되어 자신의 계획이 하나씩 실현되어가던 시절이었다. 그런데 이대로 밥 잘 먹고 좋아하는 골프나 하면서 그저 허송세월만 그저 보내며 10년, 20년을 지내다가는 내 인생에 후회가 남지 않을까, 그런 생각이 들기 시작했다. 그래서 1세의 원한을 풀기 위해서는 어떻게 하면 좋을지 구체적으로 생각하게 되었다.

해외에 사는 동포는 1~2세가 살아있을 때는 정체성을 잘 유지하지만 3~4세 되면 한국인으로서의 정체성이 사라지고 만다. 그것을 예전부터 우려하고 있었다.

사람은 자기 부모와 조상을 잘 모르면 인간으로서 바르게 자랄 수 없다. 재일 동포 가운데에는 자기 부모, 조상의 일을 감추고 자신의 출생을 밝히지 않은 채 살고 있는 사람도 있다. 그렇게 되면 인간으로 자존감이 사라진다. 아무리 좋은 기술을 가지고 있어도, 맛 좋은 음식을 먹을 수 있어도 부모를 존경하고 조상을 공경하는 마음이 없으면 그 사람은 미숙한 사람이 아닐 수 없다.

세대를 제대로 잇기 위해서는 말과 문화를 가르치고 사람을 키우는 학교를 만드는 것이 선결과제가 아닐까, 1세의 원한을 풀기 위해서는 교육 사업 이외는 없다, 그렇게 하는 것이 여태껏 신세 진 여러 선배들의 소원을 이루는 길이 아닐까, 이런 생각에 도달했다.

재일 동포 사회는 해방 후 차세대를 교육하는 민족 학교를 중심으로 커뮤니티를 형성 발전시켜왔다. 그런 현실을 보며 나도 독자적인 학교를 건립, 성공시켜 장래에는 그 학교를 거점으로 재일 동포들이 아무런 근심 걱정 없이 생활해나갈 수 있는 공간, 새로운 커뮤니티를 만들고자 생각하였다.

2

1세와 다른 방법으로 조국에 공헌하고 싶다

자기에게 투자하고 공헌하는 방법

1세들은 북이나 남에 많은 투자를 하였으나 뜻대로 안 되어 결국 조국에서 버림받은 것과 같은 후회만이 남았다. 그런 1세의 인생길을 돌이켜 보고 나는 그들과는 다른 방법으로 공헌하고 싶다고 생각하게 되었다. 남북한과는 일정한 거리를 두고 자기 자신에게 투자하면서 학교를 설립하고 교육 사업을 독자적으로 추진하자, 그래서 나아가서는 본국의 교육정책에 영향을 주는 학교를 만들자, 그렇게 생각하였다.

재일 동포, 한국에서 온 유학생, 장차는 북조선의 우수한 젊은이, 그리고 미국, 러시아, 영국을 비롯하여 세계 각지로 흩어져 있는 한국계의 새로운 세대가 일본 사람들과 함께 배우는 거점으로서의 학교다. 그리고 힘을 키우고 일본의 유명 대학에 진학한 후 본국에 돌아가 크게 활약하는 그런 인재를 육성하는 것이 나의 소원이 되었다.

1세인 내 어머니도 세대 계승에 대하여 자기 나름의 사상을 가지고 있었으나 2세인 나는 어머니의 생각을 좀 더 발전시켜 구체적인 형태로 하고 싶었다. 그러기 위해서는 역시 교육 사업 이외에 염두에 떠오르는 것이 없었다.

조선 학교의 절정기와 쇠퇴

민족 학교의 하나로 빼놓을 수 없는 것이 조선 학교다. 해방 직후인 1945년 재일 동포가 조선어를 배우는 〈국어 강습소〉의 개설, 이것이 조선 학교의 시작이다. 다음 해에 조총련의 전신인 재일본 조선인 연맹의 학교가 되었다.

1949년 GHQ의 정책에 따라 일본 문부성이 조선 학교 폐쇄령을 내렸기 때문에 조선계 학교는 문을 닫았으나 1950년대 중엽 이후로는 북조선계와 한국계의 각 학교가 재건되었다.

1960년부터 각 도도부현이 조선 학교를 각종 학교로 인가하기 시작하여 1975년에는 모든 조선 학교가 각종 학교로 되었다.

조총련은 유치반(유치원)으로부터 대학교까지 갖춘 세계에 유례가 없는 해외 민족 교육 체제인 조선 학교를 만들었다고 자랑하고 선전했는데 1970년대 후반기에는 4만 명을 넘는 아이들이 다니고 있었다. 이때가 북조선 지도하의 조선 학교의 절정기며 학교를 중심으로 재일 동포가 합심하여 재일 동포사회 발전 운동이 활발하게 전개되었다.

그러나 점점 북조선 실정이 보도되자 조선 학교도 시대의 요구에 맞지 않게 되어 입학생 수가 감소되었다.

결정적인 것은 북조선의 일본인 납치 사건이다. 2002년의 북일 정상 회담에서 김정일 국방 위원장이 고이즈미 준이치로(小泉純一郎) 수상에게 사죄하자 학생 수가 격감하였다. 그때까지의 노력이 대단했던 것만큼 납치 사건만 없었으면 조선 학교도 조총련도 그다지 약화되지 않았을 것이다.

민족 학교로는 한국계인 한국 학교도 있으나 조선 학교에 비해 그 수가 적다. 조선 학교도 한국 학교도 제각기 노력해 왔으나 본국의 지원이 충분하지 못함에 따라 동시에 약화되어 재일 동포교육이 잘되지 않는 것이 현 실정이다.

돌이켜 보건대 사고방식이나 이념이 시대적 제약성을 띠고 있은 것이 아닐까. 학교란 것은 시대의 틀을 넘어 오래 계속될 이념으로 나아가지 않으면 유지되기 어렵다고 할까.

김병식 사건 때

1972년 조총련 회관에 재일 조선인 과학자 협회 소속 과학자, 의사를 포함한 회원을 모아 조총련 내 권력 투쟁에 대한 설명회가 있었다. 나도 멤버의 한 사람으로 참가하였다.

그 무렵 조총련 의장(초대)은 한덕수, 제1 부의장은 한덕수의 누이동생의 남편인 김병식이었다. 둘이 다 일본에 있으면서 북조선의 최고 인민 회의 대의원(대의원의 톱)까지 올라간 실력자다.

당시 김정일의 배경을 등에 업은 김병식이 한덕수와의 권력 투쟁에서 패배하여 북조선에 송환되었다. 한덕수 뒤에는 김정일의 아버지 김일성이 있었다. 1972년 남북 적십자 회담에 참석한 김병식은 그만 북조선에 억류되고 말았다.

조총련은 재일 동포를 도와주고 조선 학교에도 원조하고 있었기 때문에 나는 조총련을 지지하고 있었다. 그런데 여태껏 재일 동포를 위한 조직임을 자처하던 조총련이 그 설명회에서 조선 노동당 일본 지부라고 하는 것이 이상하게 느껴졌다. 아무도 질문할 기색이 없는 분위기 속에서 내가 질문을 하였다.

"언제부터 조총련이 조선 노동당의 일본 지부가 되었습니까? 내 분이 있어 큰 피해를 입었는데 최고 지도자로서 한덕수 씨에게는 책임이 없습니까?"

회장이 웅성거리기 시작하였다.

내 질문에 대해 한덕수 의장은 자기는 사실관계를 잘 몰랐다고 대답을 얼버무렸다. 이런 질문을 하면 보통 무사히 집에 돌아갈 수 없는 시기였다. 그러나 나는 의장의 대답을 듣고 무사히 돌아올 수 있었다.

갓 결혼한 무렵으로 나는 26세였다. 집으로 돌아와서 아내에게 상황의 자초지종을 설명하니 "뭇매를 맞지 않고 잘도 돌아왔네요." 하면서 안도의 숨을 쉬었다.

그때부터 나는 조총련이 여러모로 이상해진 것이 아닐까 생각하기 시작했다. 북조선이 이 같은 상황이 되자 북조선 일변도였던 조총련도 이 무렵을 계기로 차차 쇠퇴해갈 것은 불 보듯 뻔했다.

동일본 첫 1조교,
청구학원 쓰쿠바 중학교·고등학교 창립

독자적인 민족 학교를 만들고 싶다

언젠가 본국에는 다시 좋은 세상이 찾아올 것이다. 지금은 재일 동포들에게 민족의 말과 문화를 가르치고 학습에 힘을 쏟는 학교를 설립하고 싶다. 자기 나라의 주체성, 정체성의 뿌리를 내리고 새 시대를 짊어지고 갈 인재를 키우고 싶다. 결코 쉬운 일이 아니라는 것은 알지만 어떻게든 해보고 싶다. 그런 마음이 점점 강해졌다.

지금으로부터 12~13년 전 이런 마음을 어머니에게 털어낸 적이 있다. 그러자 어머니께서 "왜 하필이면 네가 학교 같은 걸 만드니? 네가 할 일인가? 학교가 어떤 것인지 알고 그래? 개인이 할 일이 아니지. 왜 남이 하지도 않는 일을 하려고 하니!"라고 너무 반대가 심했다. 그 후도 어머니는 여러 번 반대하셨지만 내 결심이 너무 강해서 마지막에는 승낙해 주셨다.

"너는 좀 괴짜다. 100만 명 중 한 명 있을까 말까 싶은 아이다. 그렇게 하고 싶으면 해 봐라."

결국에는 등을 밀어주셨다. 나중에 학교가 건립되고 열린 개교식에 어머니도 참석해 주셨다. 교정에는 어머니가 기념 식수한 수양버들이 서 있다.

한일의 문화를 배우는 1조교

나는 한국 국적·조선 국적을 가진 재일 1~2세 의사들의 모임에 자주 나갔고 여러 가지 일도 맡아 하고 있었기 때문인지 대선배로부터 젊은 사람까지 의사들의 실정을 잘 안다.

재일 동포 의사 수는 내가 의학부에 들어갔을 때와 달리 이제는 일본인 인구 비율에 비하면 2~3배 많아졌다고 한다. 의사라고 하면 당연히 존경받으며 직업으로도 톱 자리를 차지하니 재일 동포 부모들은 아이를 의사로 키우고자 애썼다. 일본 정부도 또한 재일 동포에 대해 일본인과 마찬가지로 의사의 문을 열어 주고 있다.

그런데 우리 의사들도 3~4세가 되어가니 민족의 말과 문화를 모르는 사람이 많다. 그들은 민족적 소양을 제대로 못 배운 데다 조선반도가 둘로 분단되어 있기 때문에 본국에 대한 희망도 없다. 결국 그들은 대부분 일본인이 되고 마는 것이다. 그런 사례를 많이 목격하면서 나는 너무나 가슴이 아팠다.

우리 어머니는 학교에서 배우지 못했지만 어릴 때 일본으로 와서 일본말을 배우고 읽기, 쓰기를 독학하며 모국어와 더불어 2개 국어를 구사하면서 균형 잡힌 시선으로 세상을 보고 있었다고 생각한다. 학창시절에 어머니로부터 자주 "일본에 있는 조선 사람은 일본과 조선의 교육을 절반씩 받으면 된다."는 말씀을 들었다. 일본에서 살아오시면서 체득한 경험과 지혜가 이런 말을 하게 한 것이다.

또한 어머니는 "우리가 여기까지 살아올 수 있었던 것은 친절한 일본 사람들이 많이 도와주었기 때문이다."라고 말씀하셨다. 마찬가지로 나도 친절하고 나를 잘 이해해 주는 사람들의 도움을 많이 받았다고 실감하고 있다. 재일 동포는 일본과 본국의 두 문화를 가지고 살아가야 한다. 이는 어머니의 생각과 일치하는 바다.

나는 민족의 말과 문화만을 가르치는 학교가 아니라 일본의 학교 교육법에 따르는 1조교 창립을 목표로 삼았다. 1조교는 일본의 교육과정에 따라 전부 일본말로 교육을 한다. 나는 그것을 토대로 하고 나의 독자적인 교육 이념인 민족의 말과 문화도 가르침으로써 민족적 정체성을 철저히 정립시키려고 하였다. 나는 어머니가 늘 말씀하시던 것을 실현시키려고 했는지 모른다.

이바라키현에 1조교 설립을 신청할 때 현의 책임자에게 내 생각을 전달했다. 나의 절절한 마음이 통하였는지 2013년 9월 하시모토 마사루(橋本昌) 지사(당시)가 인가를 내주었다.

"아무에게나 인가를 내주지 않습니다. 일본 사회와 잘 어울리면서 자신의 희망도 실현해나가는 김 선생이기에 인가가 나온 것입니다."

특별히 인가받았다는 느낌이었다. 그는 폐교한 현립 고교를 하나 불하(佛下)해 주어 내가 학교 교육에 관여할 수 있는 기회를 마련해 주었다. 일반적으로 일본의 세금을 사용하는 사업을 한국인에게 인가를 줄 리가 만무하다. 오랜 세월 이 지역사회의 발전에 공헌한 실적을 인정받은 것이 아닐까. 그렇게 생각하니 감개무량하였다.

하시모토 지사는 재일 동포가 놓인 상황과 한국인의 사정을 매우 깊이 이해하고 있었다. 일본인은 한국인에 대한 이해가 아직 부족하나 서로 선린 우호 관계를 맺으면 된다고 늘 말하였다. 바로 그것을 할 수 있는 기회를 나에게 안겨준 데 대해 지금도 진심으로 감사하고 있다.

당시는 한일 관계가 오늘처럼 나쁘지 않았다는 것이 이롭게 작용했는지도 모른다. 지금이면 절대로 있을 수 없는 행운이었다고 생각한다.

교토와 오사카의 한국 학교 1조교

한국인은 세계 도처에 흩어져 살지만 거주국으로부터 정식 인가를 받아 민족 학교를 만들었다는 이야기는 들어본 적이 없다.

일본에서는 학교 교육법 제1조의 학교를 가리켜 이른바 〈1조교〉라고 하며 정부에서 보조금이 지급된다. 해방 후 1조교로 인가된 한국 학교가 교토에 1개교, 오사카에 2개교가 있다.

하나는 교토 국제 중학교·고등학교. 1972년 교토조선중학으로서 개교한 이 학교는 2003년에 1조교가 되었다.

또 하나는 오사카의 백두학원. 1946년 백두 동지회의 문화 사업의 일환으로 건국공업학교·건국고등여학교가 창립되었다가 그 후 건국중학교로 개칭, 고등학교와 초등학교도 병설하면서 1951년에 학교법인 인가를 받아 1조교가 되었다.

남은 하나가 오사카의 금강학원. 1946년에 니시나리(西成) 조선인 교육회가 발족되고 1985년에 금강학원 중학교·고등학교로서 1조교 인가를 받았다.

조선반도에 대한 속죄 의식이 컸는지 문부성이 이상 3개교를 인가했으나 그 후로는 1조교는 생기지 않았다. 나의 학교가 4번째가 되며 관동지역에서는 처음이다.

청구학원 쓰쿠바 중학교·고등학교 개교

교육 현장의 선생님들에 의하면 어린이들의 변화가 가장 큰 시기는 중학생 시기라고 한다. 자아가 형성됨으로써 정신세계가 형성되는 것은 중학생부터 고교 1학년 무렵이라고 한다. 그런 이야기를 들은 나는 바로 그런 시기를 잘 맞추어 한국어와 한국 문화를 확실히 습득시키는 중고등 일관교(一貫校)를 만들고자 했다.

이리하여 2014년 4월 6일 기숙사형 중고 일관교 〈청구학원 쓰쿠바 중학교·고등학교〉를 창립하고 개교식과 입학식을 거행하였다.

학교는 쓰쿠바산 기슭의 화창한 전원 풍경 속에 자리 잡고 있다. 이 자리에 있었던 현립 야사토(八鄕)고교가 폐교되었기 때문에 그 학교를 전부 양도받았다. 학교를 이 자리로 정한 것에 대해 당시 취재를 한 『민단신문』에 나는 다음과 같이 대답했다.

여러 군데의 후보지를 보았지만 여기가 제일입니다. 마음이 놓입니다. 자연환경도 수려하며 부지도 넓습니다. 여기는 일본 유수의 과실 산지이고 여름은 선선하며 겨울은 온난합니다. 심신을 수련하면서 학업에 정진하기에는 가장 적절한 환경입니다. 명산 쓰쿠바산이 눈앞에 펼쳐집니다. 예로부터 이름이란 그 지역의 특징을 잘 나타내는 것이라 하듯이 〈청구〉와 일본의 대표적 학문 연구도시인 〈쓰쿠바〉의 이름을 합치는 것이 가장 좋은 교명이라고 자랑스럽게 말할 수 있습니다. (2013.7.31)

교실과 직원실을 대폭 리모델링하고 기숙사와 식당을 신축하였다. 넓은 교정에는 큰 경기 대회를 개최할 수 있도록 테니스 코트를

청구학원 쓰쿠바 중학교·고등학교 정문.

11면이나 만들었다.

학교 휘장(校章)은 한국 국화인 무궁화를 디자인한 것이다. 무궁화는 무더운 여름을 대표하는 꽃으로 커다란 꽃송이가 쉬지 않고 피고 진다.

주일 한국 문화원에서는 무궁화를 다음과 같이 소개하고 있다.

예로부터 우리 민족의 사랑을 받아온 무궁화는 한국을 상징하는 꽃이며 그 이름에는 "피다가 곧 떨어지는 꽃이 아니라 한 번 피면 오래 사는 꽃"이란 의미가 담겨져 있습니다. 옛 기록에 의하면 한민족은 무궁화를 고조선 이전부터 하늘의 꽃으로 귀중히 여겨왔으며 신라는 스스로를 "근화향(槿花鄕)"(무궁화의 나라)이라 불렀습니다. 중국에서도 한국을 오래전부터 "무궁화가 피고 떨어지는 군자의 나라"라고 칭찬했습니다. 이처럼 오랫동안 한민족과 더불어 세월을 보내온 무궁화는 조선 말에 개화기를 겪으면서 "무궁화 삼천리 화려 강산"이란 가사가 애국가에 삽입될 정도로 국민의 사랑을 받아왔습니다. (중략) 무궁화가 지닌 끈기와 생명력은 한민족이 긴 역사 속에서 고난과 역경을 이겨내온 강인한 정신력과 국가의 발전과 번영 그리고 불멸을 상징하고 있다고 말할 수 있습니다.

제복은 한국 디자이너 주복희 씨가 디자인한 감색을 기조로 한 한복으로 정했다.

창립 첫해에는 중학생 12명(남자 9, 여자 3), 고교생 8명(남자 6,

제1회 입학식 기념 2014년 4월 6일.

인사말하는 누카가 후쿠시로 의원

여자 2)이 입학했다. 그중 한국으로부터의 유학생이 6명, 재일 한국인이 2명, 뉴 커머가(1980년도 이후 일본에 온 한국인을 칭함) 9명, 일본인이 3명이었다.

강당에서 진행된 개교식 및 입학식에는 교직원·보호자를 비롯하여 나종일 전 주일한국대사, 장선학 민단 이바라키 본부 단장, 야마구치 야치에(山口やちゑ) 이바라키현 부지사, 누카가 후쿠시로(額賀福志郎) 중의원의원, 이시이 게이이치(石井啓一) 중의원 의원, 기타 이시오카(石岡)시의 교육 관계자들 약 250명이 참석하였다.

나는 이사장으로 한국어와 일본어로 다음과 같이 인사를 했다.

학생 여러분, 잘 오셨습니다. 오늘은 기다리고 기다리던 입학식 날입니다. 쓰쿠바산 동쪽에 위치한 아름다운 풍경인 이곳에 쓰쿠바 중학교·고등학교가 우뚝 일어섰습니다.

여러분들은 이 학교의 영예로운 제1기 학생입니다. 올해는 아직 학교의 실적도 없고 홍보 활동도 충분치 못했기 때문에 학생 수가 적지만 내년부터는 대폭 늘어날 것입니다.

학생 여러분은 이 쾌적한 환경 속에서 마음껏 공부하고 운동을 즐기고 심신을 건강하게 다듬고 꿈을 키워가기 바랍니다.

우리의 학교는 재일 동포 즉 재일 한국인 조선인 그리고 한국에서의 유학생, 나아가서는 우리말과 문화에 관심을 가진 일본인 학생이나 테니스로 세계무대에서 활약하고자 하는 목표를 가진 학생이 주로 입학하고 있습니다.

우리는 일본어, 한국어 그리고 세계 공통어인 영어에 능통한 인재를 키우고 학생 여러분이 전문 지식 및 기술을 살려 일본, 한국뿐만 아니라 세계 곳곳에서 활약해 주기를 바랍니다.

특히 테니스로 말한다면 일본 최고 수준 시설을 갖추었으며 환경도 정비하였습니다. 또한 매우 우수한 코치를 초빙했기 때문에 가까운 장래 우리 학교에서 한국과 일본을 대표하는 세계적인 선수가 육성되리라 생각합니다.

나의 꿈은 이 학교에서 세계에서 널리 활약하는 인재가 자라나는 것입니다. 학생 여러분은 오늘부터 이 배움터에서 새로운 생활을 시작하게 됩니다만, 자라온 환경과 생각이 서로 다른 학생들이 공동생활을 한다는 것은 매우 귀중한 체험이 되리라고 봅니다.

서로 도우면서 즐겁고 알찬 학생 생활이 되기를 바랍니다. 나를 비롯해 직원 일동은 있는 힘을 다해 여러분의 학업과 기숙사 생활을 돌볼 생각입니다.

끝으로 오늘 이 자리에 참석해 주신 많은 선생님들과 학부형 여러분들의 좋은 의견과 따뜻한 조언을 진심으로 바라면서 저의 인사를 마치겠습니다.

내빈 인사로서는 하시모토 현지사가 "쓰쿠바산을 바라보는 이 고장에 역사적인 첫발을 내디뎠습니다. 국제화 시대가 화제에 오른 지 오래되지만 매력과 특색 있는 글로벌 학교를 만든 김 이사장의 열의에 깊은 경의를 표합니다. 현으로서도 가능한 지원을 하겠습니다."라는 찬사를 보내주었으며 이를 부지사가 대독하였다.

한국인과 일본인이 더불어 생활하고 서로 이해하면서 배우는 학교는 지금까지 조선반도에도 일본열도에도 없었을 것이다.

입학한 재일 3세인 두 여자 중학생은 "한국과 일본의 다리 역할이 되는 통역자가 되고 싶다", "학교에서 배운 것을 살리는 직업에 종사하고 싶다"고 포부를 밝혔다.

왼쪽부터 저자. 교장(김정룡), 어머니. 아내. 개교식장에서.

4

실력을 갖춘 진학 학교를 목표로 한 교육방침

진학 학교를 목표로 하는 교육방침

나의 기본 정신은 조선인 한국인으로서의 주체성을 잃지 않고 긍지를 가진 차세대를 키우고 싶다는 것이다.

재일 동포 부모들은 자식이 변호사, 세무사, 회계사, 의사 등 전문 자격을 가지기만 하면 어디에서나 먹고 살 수 있다고 생각하고 있다. 그런 부모들이기에 실력 있는 학교, 진학교가 아니면 자식을 보내려고 하지 않는다. 부모들도 학생들도 공부를 잘 가르치지 못하는 학교에 입학하기를 싫어하며 진학 실적이 우수한 학교를 선호하는 경향이 강하다.

도쿄, 오사카, 교토 등 대도시에 있는 조선 학교, 한국 학교도 민족의 말과 문화는 가르치지만 일본 학교에 지지 않는 진학교로 만들자는 의욕은 보이지 않는다. 그런 학교를 만들어보자고 도전한 동포도 지금까지 한 사람도 없었다.

나는 한일 양국 문화를 잘 가르침으로써 "미래를 이끄는 국제인"을 양성하고자 한다. 바로 그렇기 때문에 의학부나 인기 대학에도 진학할 수 있는 학력을 가진 우수한 인재를 배출하는 학교로 만들고 싶다.

나의 기본 정신과 한국을 이해해 주는 선생님들의 협력으로 내 꿈인 청구학원은 첫발을 내디뎠다.

청구학원의 교육 이념은 다음 네 항목이다.

1. 애국선열들의 고귀한 뜻을 잊지 말자.
2. 부모를 잘 모시고 형제간에 의좋게 살자.
3. 하나는 전체를 위하여, 전체는 하나를 위하여!
4. 알아야 하고 배워야 하고 또 힘을 길러야 한다.

1은 자기 부모를 포함하여 재일 동포사회를 지키며 키워준 수많은 선인들의 정신에서 따왔다.

2는 어릴 때부터 어머니에게 늘 들어온 말이다.

3은 옛 한국에는 없었던 정신이다. 한국에는 자기와 가족을 위해서는 죽자고 일하고 사회 활동도 잘하지만 남을 위해 힘쓰는 이타 정신은 적은 것 같다. 500년 동안 지속된 조선 시대에 일반 백성들이 단 한 번도 배불리 먹어본 바 없었기 때문이다.

조선에는 "내 코가 석 자" 그리고 "목구멍이 포도청"이라는 속담이 있다. 이들은 자신도 배불리 먹지 못하는 주제에 남까지 돌봐주기는 어렵다는 의미다. 일본에 이와 같은 속담은 없다. 그만큼 한국의 역사가 가혹하며 민중이 학대당하고 있었다는 것이리라.

앞으로는 남을 위하여, 사회를 위하여 일하는 인재를 많이 키워야 한다고 생각한다.

4는 나라를 빼앗긴 비통한 경험에서 배우자는 것이다. 우리에게 힘이 없어 나라를 빼앗긴 것이다, 아는 것이 많아야 한다, 보다 많이 배워 힘을 축적해야만 한다고 통감했기 때문이다.

내가 내건 교육 이념은 여태껏 누구도 가지 못한 길이요 시도하지 못한 길이다. 그러므로 앞날을 예상할 수 없었다. 옆에서 보기에는 무모한 일이라고 할 수 있는 미지의 분야에 도전하고 있는 것이다.

한국어의 교가

교가는 앞에서 말한 교육 이념을 담아 내가 작사했다. 서울대학교에서 찾아온 어느 교수가 "교가의 이 가사는 누가 지었습니까? 이러한 이념을 내건 학교를 일본 정부가 허가를 했다니 참 좋은 이념이네요."라고 말한 바 있다. 허가한 것은 사실 일본 정부가 아니라 이바라키현인데….

교토 국제 중학 고등학교는 한국 학교임에도 불구하고 그 학교 이름에 민족색이 전혀 없다. 민족색을 넣으면 일본 정부로부터 정규학교인 1조교 인가를 받지 못했을 것이라고 한다. 청구학원은 학교 이름을 포함하여 한국 색채가 농후하다 보니 오히려 인가되었다는 것이 인상적이었던 것 같다.

[교가] 작사: 김정출, 작곡: 이철우

1. 민족전통 정기 담은
   배움터 되라
   쓰쿠바산 기슭에
   우뚝 솟았네
   선열들의 고귀한 뜻
   아로새기며
   우리말과 문화슬기
   연마해 가리

   민족의 기둥감 한마음으로
   영원히 빛내자
   청구의 이름

2. 동방 일각 예의지국
   자랑 떨치며
   가슴 속에 미풍양속
   간직하였네
   부모님들 공경해갈
   우리 형제들
   상부상조 미덕을
   꽃피워가리

민족의 기둥감 한마음으로
영원히 빛내자
청구의 이름

3. 백두산과 한라산의
   기상을 안고
   아름다운 금수강산
   위용 떨치네
   배우고 또 배워서
   선봉이 되어
   굳은 결의 당당하게
   실천해가리

   민족의 기둥감 한마음으로
   영원히 빛내자
   청구의 이름

5

3개국어 교육
−아름다운 한국어, 정확한 일본어, 실용적인 영어−

50년 만의 영어 학습

청구학원에서는 어학 교육의 목표를 한국어, 일본어, 영어의 3개 국어 습득에 중점을 두고 있다. 〈아름다운 한국어, 정확한 일본어, 실용적인 영어〉다. 한국어는 민족의 넋이고 일본어는 일상생활 필수품이며 영어는 세계로 비약하는 데 필수적인 수단이다. 한국과 일본이 서로 이해하여 우호 관계를 이룩하도록 이끌고 세계에서 활약하는 인재를 육성하는 것이 나의 숙원사업이다.

나는 개교 2년 전부터 오랜만에 영어 공부를 새로 시작했다. 대학 졸업 후 거의 50년의 공백이 있다. 문법도 다 잊어버렸고 참으로 비참했다. 아침 일찍 일어나 라디오 강좌의 텍스트를 예습하고 나서 6시부터 라디오를 청취한다. 직장 나가기 전의 1~2시간을 영어 공부에 바치는 것이 일과가 되었다. 이제는 영자 신문도 쉽게 읽을 수 있게 되었다.

여하튼 영어가 아니면 안 된다는 논리에 나는 찬성할 수 없다. 일본인에게 있어 일본어가 제일 귀중한 것처럼 한국인에게는 한국어가 가장 중요하다.

동시통역의 선구자인 도리카이 구미코(鳥飼久美子) 씨도 "일본어를 똑똑히 배운 다음에 영어를 배워도 늦지 않다. 사람들 모두가 영어를 습득할 필요는 없다."고 말하고 있다. 동감이다. 어릴 때부터 외국어를 배우면 모국어에 소홀하게 된다. 나는 모국어를 확실히 습득하고 나서 영어를 공부하는 것이 좋다고 생각한다.

실용적인 영어

이상적으로는 〈모국어 다음에 영어〉라고 생각하고 있지만 기업측이 그것을 가만히 기다려주지 않는다는 것이 현실이다.

일본 경제는 동서 냉전 시절에 가장 성장했을 것이다. 일본 제품이 세계적으로 잘 팔렸다. 사람이 일부러 현지에 나갈 필요도 없이 그저 제품만 보이면 다 사주었다. 1989년 베를린 장벽이 붕괴되었지만 그 무렵 일본 제품은 세계에서 가장 우수하다고 평가되었으며 일본경제는 그야말로 절정기였다. 그런데 글로벌화의 파도가 밀려오면서 일본의 고뇌는 시작되었다.

한편 한국에서는 1997년 12월 정부가 부도를 내어 국가가 IMF(국제 통화 기금) 관리하에 들어갔다. 말하자면 한국의 통화 위기(국가 파탄의 위기)를 보고 IMF가 구제하고자 자금 지원의 각서를 체결한 것이다.

그때 30~40대 한창 일할 나이의 젊은이들이 대거 영어 학교를 다니기 시작하였다. 나는 왜 그렇게 모두 영어에 휩쓸려 가는지 의문을 가졌다. 얼마 되지 않아 깨닫기를, 전 세계에서 물건을 팔기 위해서는 상대가 선진국이건 개발도상국이건 기업으로서는 해외에 파견할 인재가 당장 필요한 것이었다. 영어가 되든 안 되든 당장 사원을 해외로 보내야 했다. 기업으로서는 여유가 없었다.

그런 의미에서 영어 습득은 기업의 절실한 요청이었다. 영어는 물론 모두가 배울 필요는 없지만 기업으로서는 사원이 영어를 습득하지 않으면 경영이 잘되지 않는다. 그러한 기업의 사정을 고려하여 청구학원에서는 영어 교육에 각별히 힘을 쏟았다.

영어능력을 높이고 싶다

종래 일본에서 행해진 영어 수업은 문법과 읽기가 중심이며 회화는 거의 안 해왔다. 이것만으로는 언어 습득에 불충분하다. 그래서 ALT(영어 지도 보조 교사)를 도입하여 영어의 프리 토킹 시간을 주 1회 실시하였다.

물론 한국어 수업에서도 프리 토킹이 있다. 2019년에는 일본어에 의한 프레젠테이션도 반별로 해보았다.

2020년에는 영어 교원을 한국에서 초빙하였다. 영어를 유창하게 구사하고 발음도 좋지만 일본어를 전혀 못 했다.

수업은 때때로 한국어도 쓰지만 거의 영어로 진행했다. 그렇게 하는 것이 효과적이었다. 영어검정시험 2급 이상 학생들에게는 이해하기 쉬운 듯했다. 영어는 영어로 교육하는 편이 습득에 유리하다는 것이다. 구태의연하게 전부 일본어로 이해하라고 하는 것 자체가 무리다.

그 초빙 교사는 학생들과 같은 기숙사에서 살았다. 밤에 보충수업을 할 수 있어 영어 능력을 강화하는 데 더없는 좋은 환경이라 하겠다.

7~8년 전에 듣기로 한국은 영어교육에 상당한 힘을 쏟고 있으며 영어 수업은 영어로만 진행한다고 한다. 영어교육에 관해서는 한국이 일본보다 10년, 아니 20년 앞서 있을지도 모른다.

이 현상을 보면 그만큼 한국의 경제적 기반이 약하다는 것이며 영어를 잘해야만 국민이 먹고 살 수 있다는 것이다. 한국의 현실에서 어쩔 수 없는 일이라는 내 느낌은 7~8년 전이나 지금이나 다르지 않다.

그러면 영어교육 강화를 위해 어떤 지도 방법을 선택하면 좋을까. 여기에 대해서는 내 나름대로 검토하여 교사들에게 제안하고 있다. 선생님들에게 "해주세요"라고 말하기 위해서는 우선 자신이 어느 정도 알아야 한다. 50년 만에 스스로 영어 공부를 시작한 이유도 여기에 있다.

현재 영어 수업 강화와 동시에 한국어 수업 시간을 늘리고 있다. 학생과 보호자에게 매력적인 커리큘럼으로 되어 있지 않을까 자부하고 있다.

6

학교 설립 7년을 되돌아보며

한일의 선생님들과 더불어

2021년 4월로 학교 창립 8년째에 들어간다. 여태껏 내가 해온 의료, 양호, 복지, 보육 등 사업은 일본 정부의 일정한 규칙 아래 열심히 해서 성과도 올렸다. 그런데 학교만은 다르다고 실감하고 있다. 열심히 했다고 해서 성공하는 보장은 어디에도 없다.

그러나 시대의 요청에 맞는 교육 이념을 내걸어 일본인과 한국인 선생님들이 힘을 합쳐 아이들을 키우는 일이기에 이것에 성공하면 학교는 성공한다고 믿고 있다.

선생님들의 생각은 서로 다르지만 모두 내가 내건 교육 이념과 교가를 이해하면서 근무하고 있다. 내가 양국 교원들을 이념에 따라 이끌어가면 학교는 좋은 방향으로 나아가지 않을까.

교원은 전원이 일본인 혹은 한국인이면 좋지 않다. 비율로 치면 일본인 7, 한국인 3이 적절한 밸런스가 아닐까.

좋은 선생님 밑에 좋은 학생이 길러진다

당초 나는 좋은 학생이 들어오면 좋은 선생님을 모집하려고 생각하고 있었다. 그러나 그것은 틀렸다. 이때는 벌써 늦은 것이다. "좋은 학생이 있어야 좋은 선생님"이 아니라 "좋은 선생님 밑에 좋은 학생이 길러진다"는 것이다. 즉 좋은 선생님이 좋은 학생을 발견하고 잘 가르쳐 학생의 미래를 열어 준다는 것이다.

좋은 선생이 있어도 좋은 학생이 오기만을 기대한다면 영원히 기다릴 수밖에 없다. 좋은 선생에게 무료 봉사를 시킬 수 없으며 상응하는 임금을 지불해야 한다. 누구나가 할 수 있는 직업이 아니니까.

그런데 최근 몇 년간 나는 좋은 선생님 모시기에 주력하고 있다. 한반도에 관심을 가지는 선생님도 일정하게 있으며 서서히 역량이 있는 선생님이 찾아오게 되었다.

좋은 학생이 오면 잘 가르쳐서 한층 힘을 키워주고 의학부나 인기 대학에 들어갈 수 있는 시스템도 만들었다. 실력 있는 선생님이 가르치면 성과가 나온다고 확신하고 있다. 2018년에는 쓰쿠바대학 의학부를 비롯하여 사립대학의 의학부나 약학대학에도 합격자 나오게 되었다. 그다음 해에는 요코하마 국립대학과 기타 유명 사립대학에도 많은 합격자를 냈다. 아직은 화려한 실적이라고 말할 수 없지만 전진하고 있는 것만은 확실하다.

균형 잡힌 생활과 교육 환경

우리의 학교에 관심을 가지고 입학하여 국립 우수 대학, 의학부, 유명 사대를 지망하는 학생들이 점차 늘어나고 있다. 그들은 좋은 대학에 가고 싶어 한다. 의사가 되고 싶다고 하면서 필사적으로 공부하고 있다. 그런 학생들의 열의에 자극받아 선생님들도 분발하게 된다.

내가 초빙한 어떤 선생님은 "이 학교 학생들은 좀처럼 못하겠다는 말은 하지 않는군요" 하면서 놀란다. 여하튼 인내성 있게 이해할 때까지 공부에 열중한다.

한편으로 공부를 전혀 못하는 학생도 있다. 우리 학교에서는 공부 잘하는 학생과 못하는 학생이 다 같이 기숙사에서 생활하고 있다. 어른들의 사회에도 사업상 성공한 사람도 있거니와 실패한 사람도 있기 마련이다. 말하자면 학교는 사회의 축소판이다.

아이들은 자라는 과정에서 이전에 내가 그러했듯이 약자라든가 공부 못하는 자, 가난한 집 아이들과 어울리며 함께 지낼 필요가 있지 않는가. 지금은 아이를 키우면서 그런 환경을 좋아하지 않는 경향이 보인다.

사회적 약자인 아이와 더불어 공부한 경험이 없는 학생이 아무리 도쿄의 좋은 대학에 들어갔다 한들 약자에 대한 관심이 부족하며 아니 관심조차 가지지 않을 것이다. 그런 사람은 사회에 나가도 시야가 좁고 세상사가 잘 보이지 않을 수가 있다.

그 점에서 보면 우리 학교에는 다양한 아이들이 있다. 사춘기에 접어든 아이들이 함께 공부하고 생활하다 보면 어느 순간 공부가 부족한 아이가 오히려 주도권을 잡곤 한다. 이는 사람이 균형감각을 가지고 생활하는 데 좋은 환경이 아닐까 생각한다.

아이는 나라와 부모를 선택할 수 없다
- 모든 아이들에게 교육의 기회를

나는 기본적으로 어떤 사람이라도 행복하게 살 수 있는 사회가 제일이라고 생각한다. 그러나 그런 사회는 물론 쉽게 찾아볼 수 없다.

특히 아이들에 관해서는 네 가지 불평등이 있다. 첫째로 빈부의 차이. 둘째로 능력의 차이. 셋째로 신체적 핸디캡. 넷째로 모자 가정, 부자 가정 등 한 부모 슬하에서 자란 아이 문제다.

아이는 부모와 나라를 선택할 수 없다. 이런 핸디캡을 가진 아이들에게 구원의 손길을 뻗치는 것이 사회의 역할이 아닐까. 격차를 극복하고 분발할 수 있는 세상, 모든 사람이 잘사는 세상을 만드는 것이 정치의 역할이며 책임이라고 생각한다.

한국이나 일본이 핸디캡이 있어도 원래 가진 자신의 능력을 발휘하여 세상에 공헌할 수 있는 사회, 격차가 있어도 노력에 따라 성과가 나오는 사회가 되기를 간절히 바라고 있다.

나는 의사로서 가난한 사람을 값싼 치료비로 진료를 하려고 하고 있다. 교육 사업에서도 민족 소속은 관계없이 힘없는 가정, 돈 없는 가정 아이들에게 충분한 교육 기회를 안겨주고 싶다고 생각하고 있다.

물론 이것은 사업에 성공하고 자금에 약간이나마 여유가 생겨서야 할 수 있는 일이며 경제적으로 여유가 없이는 도저히 무리이다. 덧붙여 말한다면 비록 여유가 있다 한들 그러한 마음가짐, 생각이 없으면 못하는 일이다. 어디까지나 어린이들은 나라와 사회가 돌보아야 하는 것이다. 따라서 지금의 나는 이로써 충분하다고 생각하고 있다.

두 나라 문화로 살아간다

나는 처음 민족의 말과 문화를 조선 학교처럼 가르치고 그 기초 위에서 진학교로 만들면 된다고 생각하고 있었다. 그러나 7년간 학교 운영을 해오면서 그것으로는 불충분하다고 깨달았다. 조선 학교에서는 민족 문화는 가르쳐주지만 일본 문화를 깊이 이해시키는 교육은 안 하고 있다.

나는 일본에 나서 자랐기 때문에 일본말은 자유자재로 할 수 있으며 일본 문화도 잘 안다. 일본 사람 못지않게 할 수 있다. 그런데 한국에서 온 유학생들은 그것을 전혀 모른다. 언뜻 보면 양국 문화는 비슷한 것 같지만 실제로는 상당히 다르다. 일본에 있는 우리 학교에서 우선 일본 문화를 똑똑히 배울 필요가 있다고 느꼈다.

재일 동포 학생과 한국 유학생은 한일 양국 문화를 잘 이해하며 이 두 가지 문화를 사는 것이 중요하다.

앞에서 서술한 바와 같이 우리 어머니는 언제나 "일본에 사는 조선 사람은 일본과 조선의 교육을 절반씩 받으면 된다"고 하셨는데 이 말을 새삼스럽게 되새기고 있다.

대구의 사립교와 자매교 협정

2020년 봄 학교 발전에 약간의 밝은 전망이 보이기 시작하였다. 재일 동포 자제들이 많이 입학하게 된 것이다. 도쿄 한국 학교에서도 오게 되고 학년 도중 전학 오는 학생들도 있다.

동년 9월 한국 대구에 있는 같은 교명을 가진 청구학원 중학교 고등학교와 정식으로 자매교 협정식을 맺었다. 대구 청구 중고등학교는 창립 90년 역사를 가진, 실적 있는 사립학교로서 내가 방문했을 때는 이사장과 그 가족 전원이 나와 환대해 주었다.

2021년부터 유학생을 받아들이게 되었다. 대상은 중학 3학년의 교환 유학생과 고교 1학년의 유학생이다. 중학 3학년이면 의무 교육 기간 중이지만 우리의 학교에서 배운 교육과정도 한국에서 수업 단위로 인정해준다. 1년간 일본어를 학습하고 계속 여기서 공부하고 싶으면 우리 학교에 입학하고 그렇지 않으면 귀국하면 된다. 올해 2021년 4월 자매교에서 가장 우수한 학생이 우리 학교 고1에 입학했다.

대구 청구중고등학교에서는 일본 유학 희망자가 유학할 수 있는 학교가 일본에 있다는 것은 대단히 좋은 일일 것이고 그것은 우리의 학교로서도 마찬가지다. 좋은 학생을 일본에 보내어 실력 신장을 하게 해주는 중학교 고등학교는 여태껏 한국에는 없었다. 고교 시대에 학습 과정을 서로 교환하면서 꿈을 키워가는 것은 한국의 부모와 학생들에게 좋은 자극이 될 것이다.

한국은 일본이란 나라를 발판으로 이용하고 좋은 점을 배우지 않으면 전진하기 어렵지 않을까, 나는 그렇게 생각한다. 좁은 국내에서 아무리 노력해도 기회를 잡기 어렵다. 한국인 자체는 능력도 의욕도 있는데 국가가 그것을 제대로 살려주지 못하고 있는 것이 현실이다. 한국의 젊은이들이 세계로 나아가야 한다. 경쟁이 치열한 국내에서만 기회를 잡으려 하지 말고 일본에서 공부하여 실력을 갖추어 한국인으로 당당하게 살아가기를 바라고 있다. 일본은 한국보다 기회의 땅이다.

창립되어 8년째를 맞이하는 올해 이상과 같이 다양한 학생들이 오게 되었는데 앞으로 우리의 학교 주변 지역 일본 아이들도 입학하게 되면 비약적 발전을 하게 될 것이다.

∽ 7 ∾

교육 사업은 세상 바로 잡기와 같다

국력의 차이는 교육의 차이

"교육은 국가 100년 대계"라고 자주 말한다. 나는 인재 육성이 국가 건설의 관건이라고 생각하고 있다. 교육을 통하여 우수한 인재를 배출하면 틀림없이 나라는 좋아진다.

또한 국력의 차이는 교육의 차이라고 생각하고 있다. 한일 간의 국력 차이는 교육 차이기도 하다.

일본은 메이지(明治) 초기부터 교육에 착수하고 적은 예산으로 많은 우수한 인재를 육성하였다. OECD(경제협력개발기구) 가맹국 중 일본은 교육 예산이 다른 나라에 비해 적다고 한다. 적은 예산으로 길러낸 수많은 인재가 힘이 되어 국력을 키우고 짧은 기간에 세계적 경제 대국으로 발전했다.

일본의 교육에 대하여 여러 사람이 여러 말을 하지만 나는 나 자신이 학교 운영을 하면서 일본은 매우 효과적으로 교육을 추진하고 있다고 느낀다.

한국은 교육이 잘 정비되지 않고 있다. 가보면 알 것이다. 한국에는 원칙적으로 사립 학교는 없다. 사립에도 공립 학교와 마찬가지로 나라가 100% 재정 지원을 하고 교육 내용에 많은 간섭을 한다. 자립성 없는 한국의 사립학교에서는 일본의 사립과 같은 개성적인 인재가 자랄 리가 없다.

한국에서는 나라가 어떤 인재를 기대하는지 분명치 않다. 정신적 지주가 희미해지고 있기 때문이다. 그저 남보다 공부 잘하고 남보다 잘 먹고 잘사는 인재를 키운다면 바람직한 사회가 되기 어렵다.

지금의 한국은 문자 그대로 빈부 격차가 심한 사회이기에 가난한 사람에게는 기회가 주어지지 않는다. 이는 개선되어야 한다. 어디에서나 기회가 없으면 사회 발전이 없다. 한부모 슬하에서 양육되건 돈 없는 가정에서 자라나건 누구나 능력만 있으면 사회의 지도자가 될 수 있는 길이 열려 있지 않으면 나라 자체가 쇠퇴하고 말 것이다.

학교 운영은 세상 개혁과 같다

자신이 실제로 학교 운영을 해보고 느낀 것은 마치 혼자서 국가를 만드는 것과 같다는 것이다. 그만큼 어려운 일이며 쉽게 이루어지는 사업이 아니라는 것이다.

더구나 우리 학교는 그 누구도 도전해 보지 못한 교육 이념을 내걸고 있다. 일본의 일반적인 수업 내용에다 재일 동포의 교육환경과 한국 유학생의 환경을 학교 운영에 반영하여 재일 동포와 한국 유학생, 지역의 일본 아이들에게 꿈과 희망을 안겨주며 우수한 인재를 육성하는 것을 목표 삼고 있다. 그리고 우리 학교의 교육 방향이 본국 교육에 영향을 주고 싶다는 큰 목적도 있다.

나는 어릴 적부터 정치 경제에 관심이 많았다. 아버지, 어머니, 큰아버지, 작은어머니를 비롯해 내 주변에 교원이나 민족 운동가들이 많이 있었다는 환경도 영향을 주었을 것이라고 생각한다. 어른이 되면 재일 동포 사회만 아니라 나라를 위해 뭔가 이바지하고 싶었고, 그리고 사회의 개혁자가 되어 세상을 개선하고 좋은 나라를 만들고자 했다. 정치가를 지망하기도 했다. 이는 외국인으로 살아가면서 내 마음속에 일어나는 본국에 대한 관심이었을 것이다.

내가 아는 많은 우수한 일본 정치가들은 다 "국민 생활을 개선하자", "세상을 바꾸자"고 하면서 매일 분투하고 있다.

세상이란 것은 세월의 흐름과 더불어 주민들의 요구가 달라지는 법이다. 바로 그러한 시대적 요구에 부응하고자 교육 이념이 기존의 학교와 전혀 다른 학교를 설립한 나는 혹시 정치가와 같은 세상 개혁을 지향하고 있지 않을까.

일본의 교육기본법에 따르면서 좋은 교육을 하면 세상을 개혁할 수 있는 가능성이 있다. 그것이 또한 한일 양국에 도움이 된다면 나는 교육을 하는 정치가일 것이다.

본국의 교육에 영향 주고 싶다

재일 한국인 중에서 의료 법인이나 사회복지 법인을 가지고 있는 사람은 많다. 그러나 학교 법인을 가지고 있는 사람은 나뿐이다. 그 점에서 나는 외국인으로서는 예외적인 특수한 혜택을 받은 셈이며 차세대에게 메시지를 보낼 수 있는 입장에 서 있는 것이 아닐까, 그렇게 생각하고 있다.

재일 동포와 한국인이 정체성을 확립하고 일본이나 세계에 통하는 인재를 키운다는 목표를 내걸고 교육 사업을 시작함으로써 한국 정부 및 교육부(일본의 문부과학성의 구 문부성 부문에 해당)에 대해 나라에서는 교육을 이렇게 하는 것이 좋겠다고 자신 있게 말할 수 있는 입장에 서게 되었다. 나는 언제나 본국의 지인인 교육 관계자와 여러 방면의 사람들에게 자기 소신을 솔직히 말하고 있다.

어떤 나라에서나 교육에는 최대한의 투자를 한다. 그와 마찬가지로 나도 사재를 학교경영에 바쳐 나의 뜻을 이루어 볼 생각이다. 학교가 궤도에 오르고 일본 사회에서 한국인과 일본인이 공생하면서 한일 사이의 다리 역할을 하는 새 인재가 많이 나오게 되면 그만큼 뜻깊은 사업이 될 것이다. 나아가서는 본국의 교육에도 적지 않는 영향을 줄 수 있지 않을까, 그런 전망을 그려보고 있다.

8

마지막 배와 큰 보람과 영광

마지막 배를 탔다

2020년은 민족 해방 75주년이다. 그간 나와 같은 생각을 해본 사람이 있었을지 모르지만 실제로 우리 학교와 같은 것을 만들고자 도전해 나선 사람은 한 명도 없었다.

3, 40년 전에는 재일 동포 1세가 많이 살아 있어 민족 운동이 한창이던 시기이고 힘이 있었다. 우리 학교와 같은 학교를 만들자고 하면 가능했을 텐데 왜 안 했는가, 당시 그렇게 생각하니 나는 초조감이 들었다. 그만한 기개 있는 인물이 없었다는 것이리라.

학교를 설립할 때 본국으로부터 아무런 도움도 받지 않았으며 또 받으려고도 생각지 않았다. 다만 부모의 조국은 한국이며 나도 일본 태생이나 한국 국적이다. 한국이 발전하고 좋은 나라가 되어 이웃 일본과 우호적인 관계가 되기를 바라고 또 바라고 있다. 그를 위한 다리 노릇을 하는 인재를 키우는 학교를 사재를 투입하며 운영하고 있는 데 대하여 나는 긍지와 기대를 안고 있다.

자기 나라보다 앞선 일본에서 재일 한국인이 일본 학교보다 더 좋은 학교를 만드는 것은 그리 쉬운 일이 아니다. 오히려 고난의 연속일 것이다. 학교 사업을 하는 것은 내가 마지막이라고 많은 동포들이 말한다. 나는 천지일우의 기회를 잡아 "마지막 배"를 탔다는 의미다. 따라서 "다음"은 없는 것이다.

큰 보람과 영광

어머니와 가족이 "가업이 기울어진다"고 맹 반대하는 것을 물리치고 중대 결심으로 막상 착수한 학교는 아직 완성품이 아니고 시행착오를 겪으며 나아가고 있다. 이 학교는 한을 안고 죽은 수많은 선배 1세들의 원한과 나 자신의 소원이 담긴 곳이다. 나는 지금 살고 있다. 세상을 떠난 1세의 한을 짊어지고 무작정 학교를 경영해 보고 싶었다.

그러나 그저 "학교를 만들었습니다" 하는 것 만으로는 세상에 통하지 않는다. 학교란 실적을 낳는 것이 제일이라고 생각하는 데 지금 시대에 그만한 실적을 낼 수 있는 학교 경영자는 보기 드물다.

앞으로 일본 아이들도 많이 입학하여 여기서 배워 한국어를 습득하고 한국에 대한 이해를 깊게 함으로써 양국의 우호 관계에 큰 역할을 해주기를 간절히 희망한다.

또한 우리의 학교가 재일 동포에게 꿈을 안겨 주고 한국인 유학생도 많이 받아들여 그들이 장차 일본과 세계를 무대로 활동해 주면 얼마나 좋을까.

학교에는 여러 가지 가능성이 있다. 어떻게 하더라도 나 자신의 꿈을 실현하고자 여러 선생님들의 힘을 빌려 가면서 노력하고 있는 셈인데 이것이 내 고귀한 사명이다, 이것에 모든 것을 걸겠다 하여 너무 분발하면 고되고 괴롭다. 마음으로는 학교는 "인생의 큰 즐거움"이라고 생각하고 있다. 즐거움과 보람이니 내가 하고 있는 의료복지사업에서 벌어드린 자금을 투입하면 되기 때문에 내 사업장에 피해는 가지 않는다. 그렇다고 이는 결코 "취미"가 아니다. 취미라 하기에는 너무나 돈이 든다.

물론 학부모나 선생님들 앞에서 "내 삶의 즐거움이야"라고 하면 불손하기 때문에 절대 입에 담지 않는다. 극히 친한 선생님에게만 살며시 "크나큰 즐거움에 돈을 걸고 있지요"라고 속삭인다. 그러면서 나는 워낙 지기 싫어하는 성격이다. 즐거움이라고 하면서도 일이 마음대로 안 되면 분하기 짝이 없다.

학교 경영의 두 가지 난제

예상은 했으나 실제 경험해서 알게 된 것은 학교란 개인이 할만한 일이 아니라는 것이다. 일본인이라도 어려운 일인데 아무런 배경도 가지지 못한 재일 한국인이라면 결코 쉽지 않다. 민단도 조총련도 나의 학교에 대한 관심은 있는지 모르지만 등을 돌리고 있다. 오히려 우리를 부정적으로 보고 있는 것 같은 느낌이 들 때도 있다.

갓 시작한 학교지만 출발한 이상은 잘해야 한다. 당면한 경영상의 두 가지 과제를 해결해야 한다.

또 하나는 후계자 문제다. 누가 뒤를 잇는가가 백지상태다.

학교는 아무나 할 수 있는 일이 아니다. 그러나 적자 없이 경영이 궤도에 오른다면 누구나 하고 싶어 할 것이다. 우선은 진학 학교로서 실력을 제고하며 학생 수를 200명으로 증가시키면 적자에서 벗어날 수 있다. 이것이 300명, 400명 규모에 도달하게 되면 흑자로 전환되는 시점이다.

이미 서술한 바와 같이 학교 경영은 한 국가를 건설하는 데 비할 만한 어려운 사업이다. 그러나 어느 나라건 아이를 교육하지 않으면 미래가 없다. 일본은 저출산 시대가 됨에 따라 우선 보육에 많은 예산을 쓰고 있고 고교 수업료를 무상화하고 있으며 고등교육 개혁에도 투자를 늘리고 있다.

우리의 학교는 다른 기숙사형 학교에 비해 학비를 낮게 책정하고 있다. 시대가 시대니 만큼 우월성을 가지고 다른 학교와 차별화가 되면 우리에게도 기회가 있다고 본다. 학교란 시대의 물결을 타기만 하면 크게 변할 수도 있는 것이다.

조선인 한국인은 매우 우수한 민족임에도 불구하고 좀처럼 비약할 기회를 만나지 못한다는 데 대해서는 이미 서술한 대로다. 북조선 국민은 불쌍하다. 늘상 독재자 밑에서 억눌리고 한 번도 행복한 삶을 살지도 못하고 입에 풀칠도 못 하는 참으로 불쌍한 나라다. 한국에 대해서는 잘 아는데 거기는 거기대로 여러 면에서 국민이 고생하고 있다. 바로 그렇기 때문에 나는 이 학교를 통하여 많은 동포 자제들에게 비약할 수 있는 기회를 마련해주고 싶다.

실적을 올리고 경영을 흑자로 전환시켜 5년, 10년 지속하면 그때 가서 혹시 재일 동포 모임에서 이런 목소리가…

"이 학교는 우리들의 보물이다. 오래가야 한다. 이사장의 건학 이념을 지키고 적자를 내지 않도록 우리 힘을 합치자."

이런 재일 동포의 목소리가 나오는 게 나의 소원이다.

한국에서 "일본에 있는 청구학원은 본국에도 모범이 될 만한 좋은 학교다"란 소리가 나오고 해외 동포들 사이에서는 "일본의 야사토에 좋은 민족 학교가 있는 것 같다"고 호평이 나 그래서 국내외에 흩어져 사는 동포 자제들이 많이 찾아오게 되면 그 이상 유쾌한 일은 없다.

도락(삶의 즐거움)이 어떤 계기를 만나 어느새 도락이 아닌 뜻깊은 사회적 위업이 될 수도 있다. 우리 학교가 지금 그렇게 되어 가고 있지 않을까. 그런 예감이 든다.

제5장

민족의 새 커뮤니티를 만들고 싶다
- 한글을 토대로

1

민족의 고뇌와 역사적 배경

외세를 끌어들인 신라와 이성계의 반란

고대 조선반도 동남부에 신라라는 국가가 있었다. 삼국시대 북부의 고구려, 서남부의 백제와 삼국시대를 형성한 이후 당나라와 연합하여 660년에 백제를, 668년에 고구려를 멸망시키고 통일 신라시대를 열었다.

그런데 얼마 안 있어 조선반도 지배를 노린 당나라와 대립하게 되어 676년에 당나라를 격퇴하여 반도의 통일을 이룩하였다. 그러나 내란과 기근으로 인하여 국력이 약화되어가 결국 935년 고려에 항복하고 멸망하고 말았다.

신라가 외세를 끌어들이고 나라를 통일한 것은 그 후 조선의 역사에서 민족이 여러 면에서 고난 속에서 살아가는 근원이 되었다고 나는 생각한다. 따라서 나는 신라라는 나라가 아무래도 마음에 들지 않는다.

고려 시대의 이성계(1335~1408)는 무용이 뛰어나며 왜구 토벌에서도 공적을 이룩하였다. 스스로가 옹립한 제34대 공양왕을 1392년에 추방하고 왕위를 찬탈하며 조선왕조를 세웠다.

그러나 그 후를 보면 그의 자식들은 후계자 쟁탈전을 벌여 서로 살육 행위에까지 이르렀다.

일본의 아즈치(安土) 시대 오다 노부나가(織田信長)에게 시중을 든 아케치 미쓰히데(明智光秀)가 일으킨 혼노지(本能寺) 사변이란 것이 있는데 이성계는 바로 그 경우와 마찬가지로 부하가 상사에게 반기를 들고 그 지위를 빼앗은 것이니 말하자면 이성계는 사람으로서 해서는 안 되는 짓을 한 셈이다.

이상 두 가지 역사적 사실이 조선반도를 치욕스러운 나라로 만들며 이후 혼란에 빠뜨리게 한 것이라고 나는 생각한다.

정신적 지주가 없다

일본은 섬나라이며 도쿠가와 이에야스(德川家康)의 천하 통일 후 약 300년간은 평온한 시대였다. 그런 안정된 시기가 있었기 때문에 독자적인 문화와 정신 풍토를 이룩할 수 있었던 것이리라. 일본의 사상가·농학자 니토베 이나조(新渡戸稲造)의 무사도(武士道) 정신이나 에도(江戸) 시대 말기의 독농가 니노미야 손토쿠(二宮尊徳)의 보덕교(報徳教)가 일본인의 정신적 지주가 된 것이 아닐까.

보덕 사상은 지성(至誠), 분도(分度), 추양(推讓), 근로(勤勞)로써 도덕과 경제를 융화시켜 부국 안민을 도모하고자 하는 생각이다.

메이지 시대의 시부사와 에이이치(渋沢栄一)나 쇼와(昭和) 시대의 마쓰시타 고노스케(松下幸之助), 이나모리 가즈오(稲盛和夫) 등 저명한 재계인·경영자에게 영향을 주었다 한다.

한편 조선반도의 경우 대국들이 인접하고 있으며 예로부터 거듭되는 외세 침략으로 인하여 나라가 좀처럼 안정되기 어려웠다. 정부나 위정자는 국민에게 안심을 주고 배불리 먹게 한 바가 한 번도 없었지 않을까. 그렇기 때문에 곤란한 시대를 살아나가기 위하여 그저 입에 풀칠을 하는 데 바빠서 어떻게 살 것인가를 생각하는 여유가 생기기 어려웠을 것이다.

한국인은 자기와 친족의 배가 부르면 그만이다. 한국인은 능력이 있고 끈기도 있고 역경을 이겨내는 힘도 있는데 무엇을 위하여 일하는가? 일에 대한 철학이 부족한 것 같다.

이렇다 할 정신적 지주가 없다면 무엇을 배경으로 삼겠는가? 듣건대 신화적으로 단군 시대의 건국이념인 〈홍익인간〉, 아니면 신라의 화랑정신에까지 소급해 가면, 홍익인간은 널리 인간 세계에 이익을 가져다준다는 것이며 화랑은 일본의 무사와 비슷하다. 이는 정신적 지주와 거리가 멀다. 결국 위정자나 국민들이 가져야 할 정신적 지주가 확실히 정립되지 않았다는 것을 말해 준다.

한국을 하나로 묶어 세우는 정신적 지주가 정립이 안 되었기에 나라가 안정되지 않는 것이다. 그렇다면 일본을 극복한다는 〈극일 사상〉을 정신적 지주로 내세우면 좋지 않은가, 나는 그렇게 말하고 싶다. 극일 사상 아래 국민이 일치단결하여 나라의 경제 발전에 이바지하면 되지 않겠는가.

일본에는 유교적인 사고로서 〈衣食足りて礼節を知る(의식이 족
해야 예절을 차릴 줄 안다)〉라는 속담이 있다. 물질적으로 결핍이 없
어야 비로소 예의에 생각을 돌릴 여유가 생긴다는 뜻이다. 의식이
풍족한 때가 없었던 한국에서는 그러한 속담이 없다. 자기와 가족
만이 아니라 주변 사람들도 배불리 먹이며 이웃 나라들에 예의를
다함으로써 존경받는 나라가 되어 주기를 바란다.

∞ 2 ∞
자국의 고유한 말이 없으면 나라의 발전은 없다

불멸의 문자 한글

베트남은 과거 중국의 지배를 받았기 때문에 한자 문화권이다. 그러다가 프랑스 식민지 시대 이후로부터는 베트남어는 로마자 표현이 되어가면서 그것이 독립 후에도 정식 표기법이 되었다고 한다.

몽골에서는 자기 말을 나타내는 몽골 문자가 있음에도 불구하고 구소련이 강요한 러시아 문자를 사용하고 있다. 민주화 이후 일시 몽골 문자 사용 기운이 활발히 일어났으나 경제적 혼란과 더불어 지금은 그 기세는 쇠퇴되어 가고 있다고 한다.

브라질과 아르헨티나는 아직도 포르투갈이나 스페인의 통치로부터 벗어나지 못하고 있다. 발전도 뒤지며 정신적으로도 이겨내지 못하고 있다. 저렇게도 큰 나라인데도 독립 후 왜 지배 국가를 이기지 못하는가, 이전부터 의문이었지만 그것은 언어를 빼앗긴 탓이 아닌가. 브라질의 공용어는 포르투갈어, 아르헨티나의 공용어는 스페인어다. 언어를 빼앗기면 나라와 민족은 자주성을 가지고 당당히 살아가지 못하는 법이다.

조선반도에서 조선왕조 4대 국왕 세종이 민족의 고유한 문자 한글을 창제한 사실에 대해서는 이미 언급하였다. 이는 대단한 일이다.

훈민정음이라 불린 조선 문자는 한동안 서민의 글이라 무시당하고 양반들로부터 배척받았다. 비로소 1894년의 정치 개혁인 갑오개혁* 때 한자와 더불어 공용문에 사용됨으로써 〈국문〉〈한글〉이라고 불리게 되었다. 이는 앞에서 서술한 바와 같이 주시경 선생님과 같은 한글을 지켜온 분들의 공적이다.

"대(大)"를 의미하는 고어 "한"에다 문자를 의미하는 "글"을 합쳐 한글이라 하였다. 즉 "위대한 문자", "큰 문자"를 뜻한다. 한국의 "한"의 자음에도 통한다고 하여 오늘의 한국에서는 정식 명칭이 되어 있다.

서울의 국립 한글 박물관의 홈페이지에서는 한글을 다음과 같이 설명하고 있다.

한글은 1894년 조선의 공식 문자로 선포되었으며 1907년에는 국립 한글 연구 기관인 〈국문 연구소〉가 설립되었다. 1910년 일

---

* 일본의 간섭으로 성립된 김홍집 정권 시기인 1894년부터 95년에 걸쳐 진행된 급진적인 근대화 개혁. 국정 사무와 궁중 사무의 분리, 과거제도 폐지, 은 본위제 채택, 신분 차별 철폐 등 개혁이 실시되었다.

본 식민지하에서 한국어와 한글의 사용은 공식으로 금지되었으나 학자들의 노력에 의하여 한글 연구와 교육은 착실히 계속되었다. 현대에 들어서면서 한글은 새로운 변화를 일으킨다. 여러 예술 분야에서 그 미적 가치를 인정받아 디지털 시대의 경쟁력 있는 문자로서 주목받고 있다.

한국에는 일본과 같이 중국에서 한자가 들어오고 한자어가 전체의 3분의 2, 고유어가 3분의 1의 비율로 되어 있다. 일본은 한자를 자기 나라에 맞게 적절히 고치고 훈독을 사용하지만 한국에서는 읽기에 있어 한자의 소리만을 인정하기에 그와 같은 작업은 그리 행해지지 않고 있는 것 같다.

동화 정책이라는 이름의 민족 말살 정책

조선 총독부 총독 출신으로 초대 데라우치 마사타케를 비롯하여 4명이나 내각 총리대신이 되어 있다. 그만큼 조선반도가 일본의 해외 팽창 정책에서 하나의 큰 위치를 차지하고 있었다는 것이다. 일본 정부는 강점한 조선반도를 장차는 일본 영토의 일부로 만들 목적하에 전 근대적인 것을 몽땅 폐기하고 일본 식민지 통치에 부합되게 바꾸어 나갔다.

조선인을 2등 국민으로 통치하려면 교육을 통해 문맹을 없앨 필요가 있었다. 이전에는 수십 개교밖에 없었던 학교가 일본 통치가 시작된 1910년 이후 수많이 만들어져 최종적으로는 1천 수 개교에 이르렀다 한다.

일본어와 함께 한글도 보급되었다. 우리 어머니도 조선반도에서 살던 어릴 적 야학을 다녀 약간 한글을 배웠다고 한다.

나의 초등학교 시절 어느 신사에 모여든 촌마을의 주민들 앞에서 "우리 황국 신민은…"이라고 〈황국 신민의 서사〉(1937년 조선에서 발포)의 일부를 읽은 아버지의 모습이 생각난다.

일본이 조선반도에 철도를 부설하고 일본어를 보급하며 식량을 증산함으로써 조선 말기에는 입에 풀칠도 못하던 사람들이 먹을 수 있게 되고 인구가 늘어난 것도 사실이다. 이 사실만을 보고 "일본은 조선반도에 대해 좋은 일을 하였다. 조선 개명에 기여하였다"고 강조하는 자도 있다.

그러나 이것들은 다 조선반도가 일본의 일부라고 여기고 한 짓일 뿐이다. 조선인에 대한 동화정책이라는 이름의 민족말살정책이었다고 나는 학생 때부터 내내 생각하였다. 일본인과 같은 생활을 강요하는 것을 동화라 하면 듣기에는 온화한 감이 있는데 사실인즉 이것은 민족 말살 이외 아무것도 아니다.

그러나 중국이 티베트나 위구르에 대해, 영국이 싱가포르나 인도에 대해, 또 프랑스가 베트남에 대해 했던 방법으로 일본이 조선반도를 지배할 수는 없다.

조선반도는 예로부터 일본에 문화와 기술을 전해 준 나라다. 조선인은 미개 민족이 아니다. 환무(恒武)천황의 생모는 백제 25대 왕 무령왕[武寧王. 현재 일본 규슈 사가현에서 출생, 아명은 사마(斯麻)]의 자손 다카노 니이가사(高野新笠)라고 한다. 그런 나라를 무작정

무력으로 짓누를 수는 없다. 그러니 많은 시간을 들여 시행하지 않으면 조선반도를 자기 것으로 만들기 힘들 것이다… 일본은 그렇게 생각한 것이 아닐까.

그런 일본이 욕심을 낸 나머지 태평양 전쟁을 일으켜 미국에 패배했다는 것이 나의 생각이다.

일본은 패전하여 야망은 물거품이 되었다. 조선반도 지배는 36년이었으나 이것이 만일 100년간 지속되었더라면 조선 민족은 근절되고 나라는 없어졌을 것이다.

식민지 정책은 말을 빼앗았다. 나는 학생 때부터 오늘까지 조선어를 독학으로 배우고 있다. 나에게 있어서 조선어 배우기는 일본이 빼앗아간 것을 회복한다는 것이며 실제로 그런 강한 정신으로 배워왔다.

다소간 사투리가 있기는 하나 민족어를 자유자재로 말할 수 있다. 이는 큰 이점이다. 모국어를 못 하면 한국에서는 〈반쪽발이〉라고 멸시당한다. 그러나 나는 그렇게 되지 않았다.

한국은 일본에 비해 인구가 적고 정치적으로 안정이 되지 않은 갈등유발 사회라서 발전에 걸림돌이 되고 있다. 그러나 한글이라는 문자가 있는 한 발전 가능성이 있으며 영원히 불멸하리라고 나는 믿고 있다.

∂ 3 ∂

소설 『토지』의 번역 출판

해외 동포들은 한글을 지주로 삼자

현재 재외 동포는 전 세계에서 700만 명 이상 살고 있다고 한다. 어디서에서도 살아나갈 수 있는 능력을 지니고 있다는 것을 말해 주고 있다. 그런데 이렇게 세계 도처에 흩어진 그들을 민족적으로 묶는 구심력이 없다.

캘리포니아의 어떤 산중에 유대인의 엘리트 대학이 있는 것 같다. 유대인의 마음의 지주인 유대교를 신봉하면서 전통을 이어가면서 우수한 인재를 육성하고 있다고 한다.

한편 수천 년의 오랜 역사를 지닌 유교 문화권인 조선반도에는 유대인의 신앙인 유대교와 같은 정신적 지주가 없다.

해외 동포들에게 있어 정신적 지주라고 하면 그것은 자기 나라 말과 문화다. 그러나 해외에 있으면 그것에 접하는 기회가 적다. 결국 제일 중요한 것은 언어다.

말이 있어도 그것을 표기하는 문자를 못 가진 나라 민족은 정신적 지주를 가지기 힘들다. 세월의 흐름과 더불어 서서히 거주국에 동화되어 버리는 것이다.

일본의 씨름(스모) 세계를 예를 들어 보자. 일본 씨름협회가 직업 씨름꾼의 씨름대회를 정기적으로 열어 흥행하고 있는데, 일본의 국기(國技)인 씨름은 이제 국제화되어 몽골을 비롯한 세계 각국에서 입문해 오고 활약하고 있다. 몽골 출신자는 씨름꾼의 최고위인 요코즈나(橫綱)를 4명이나 배출하고 있다. 아사쇼류(朝青龍), 하쿠호(白鳳), 하루마후지(日馬富士), 가쿠류(鶴竜)다. 은퇴 후 씨름계의 지도자 오야카타(親方)가 되기 위한 조건으로 씨름협회가 일본 국적을 강요한다는 배경도 있지만 자기 조국이 있음에도 불구하고 저렇게 간단히 귀화한다니 이해가 되지 않는다.

나는 한글을 일본어 비슷하게 공부했지만 한글은 세계에서 자랑할 만한 문자라고 믿고 있다. 이 우수한 문자가 있기 때문에 나를 포함한 해외 동포들이 긍지를 가지고 살아나갈 수 있는 것이다. 민족의 정신적 지주인 한글을 온 세계에 보급함으로써 그들을 하나로 묶으면 얼마나 좋을까.

한국 정부도 한글의 세계적 보급을 위하여 노력하고 있다. 10월 9일을 〈한글날〉로 정하고 국가 공휴일로 만들어 세종대왕의 공적을 칭송하며 한글을 널리 보급하고 연구를 장려하는 날로 삼고 있다.

이날은 일시 어찌 된 일인지 휴일이 아니게 되었다가 한글에 대한 세계적인 평가가 높아짐에 따라 2013년 다시 원래대로 휴일로 정해졌다. 〈한글날〉에는 각지에서 다양한 이벤트가 개최된다.

한국의 대하소설 『토지』

　나의 소원의 하나는 한국의 소설『토지』를 여러 나라 말로 번역 출판하고 세계에 흩어져 살고 있는 우리 동포들이 읽는 것이다. 이 소설이 그들의 정신적 지주가 되어 주면 좋다고 생각한다.

　『토지』는 여류 작가의 선구자 박경리(1926~2008) 문학자가 1969년부터 1994년까지 25년간에 걸쳐 쓴 대하소설이며 한국 현대 문학의 최우수 작품의 하나다. 혼돈한 조선왕조 말기인 1897년부터 일본 식민지 지배를 거쳐 1945년 해방의 날까지 사회 정세를 배경으로

박경리 선생, 만년에.

『토지』의 청소년판 6권을 고단샤 비시에서 2011~12년에 걸쳐 번역 출판.

시대와 환경에 따라 등장인물들의 일상적인 갈등과 고뇌, 사랑 등 희비가 엇갈린 모습이 묘사되어 있다.

소설 무대는 경상남도 하동군의 농촌 평사리에서 오늘의 연변 조선족 자치주 일대의 간도 그리고 조선반도와 일본으로 옮겨진다.

나는 이 소설을 무척 좋아한다. 작품에 담겨진 작가의 사상과 생각을 깊이 이해하는 과정은 내 사고를 심화하는 데 많이 도움이 되었다. 매일 아침 틈만 생기면 『토지』의 원본을 펼치고 공부하고 있다. 한국어판은 사투리가 많아 난해하지만 추측하면서 읽어가니 상황을 잘 묘사한 표현이나 행간으로부터 뜻밖의 발견에 놀라움을 느낀다. 이전 우리 부모님이 이야기하시던 것에는 이런 의미가 담겨져 있었구나 하는… 이 작품에는 느끼는 바가 많으며 그만큼 생각이 깊어진다.

일본어판 『토지』의 출판

『토지』는 이전부터 여러 나라말로 번역 시도가 있었다. 영어, 프랑스어, 독일어, 중국어, 일본어로 번역되었다. 이렇게 여러 나라 말로 번역된 데 대하여 출판사 구원은 "『토지』가 인간 사회의 보편적인 테마를 그린 작품으로서 평가되었다는 것을 의미한다"고 하였다.

그런데 원작이 너무나도 방대하기 때문에 외국어 번역 작업은 모두 중도 좌절하고 있다. 일본어 번역은 1983~86년에 후쿠타케(福武) 서점에서 간행되었으나 이것 또한 전작의 일부분이다. 청소년을 위한 판은 나의 감수 아래 2011년 고단샤에서 전 6권으로 간행되었다.

약 8년 전에 구원 대표 김승복 여사로부터 "『토지』 전편의 일본어 번역본을 출간하고 싶습니다. 협력해 주시겠습니까"라고 요청이 있었다.

여사는 유학생으로 니혼대학 예술학부에서 공부를 하고 졸업 후 광고 관련 회사에서 4년간 근무하다가 2007년에 출판사 구원을 설립하여 오늘까지 한국 출판물을 일본에 적극 소개하고 있다. 그는 『토지』를 번역하는 의의를 잘 알고 있다. 나는 지원할 만한 충분한 가치가 있다고 판단하여 흔쾌히 수락하였다.

『토지』의 완전판을 2016년부터 구원에서 출판하기 시작해 2021년 7월 현재 14권이 나왔다. 2, 3년 후에는 20권까지 간행될 예정.

구원에서는 『토지』의 일본어판 완전 번역 프로젝트를 개시하고 2016년 제1권을 간행하였다. 2021년 7월 현재 제14권까지 나왔다. 아직 전체의 3분의 2다. 내용을 연구하면서 번역하는 작업이기 때문에 상당한 시간을 요한다. 지금까지 그 누구도 끝까지 완수 못한 이유가 바로 여기에 있다고 본다. 김승복 여사는 끝까지 해낼 것이다. 이 일본어판에 이어 영어판, 중국어판도 낼 수 있다면 대단한 일이겠다.

어린 나이에 일본에 건너왔다는 어떤 동포는 "한글로는 읽지 못하기 때문에 빨리 일본어판이 나오기를 바랍니다"라고도 하였다. 『토지』는 만화책으로도 일부 나와 있다. 언젠가 기회를 보고 시리즈로 내볼까 하는 생각도 있다.

☙ 4 ❧
민족의 새로운 커뮤니티를 만들고 싶다

커뮤니티의 필요성

40~50년 전 재일 외국인이라 하면 조선인 한국인이 주된 존재였다. 지금은 중국, 베트남, 필리핀, 태국, 브라질 등 여러 나라에서 기술 실습생이라고 하면서 많은 외국인이 와 있다. 일본 사회는 이제 외국인들의 도움이나 노동력 없이는 사회를 유지하기 어려운 상황이 되었다.

그런데 최근 들어서 보건대 이렇게 많은 외국인이 일본에 살고 있으면서도 그들의 자식들이 학교를 다니지 못한다는 기사를 더러 신문에서 본다. 일본 사회에 잘 적응하지 못한 것 같다. 일본 정부도 말로는 학교를 다니는 것이 좋겠다고 하면서 실제적인 조치는 취하지 않고 있다.

그에 대해 각 나라의 커뮤니티가 제각기 대책을 세워 일본 사회에 적응할 수 있도록 도와주면 일본 정부로서는 "만만세"일 것이다.

그들이 자기 나라 말과 일본어를 배우면 일본 사회와의 협조도 실현되며 범죄 발생 비율도 낮아지지 않을까?

해외에서의 삶은 많은 핸디캡이 동반된다. 능력 있는 사람은 어느 사회에서나 살아갈 수 있지만 대부분 사람들은 자기 나라를 떠나자마자 많은 고생이 기다리고 있다. 개인적으로 뿔뿔이 흩어져 살면 힘없는 자는 살기가 어렵다.

일본에는 "寄らば大樹の陰"(이왕 의지하려면 탄탄한 사람에게 기대라)라는 말이 있는데 만일 같은 민족끼리 서로 기대며 살아나갈 수 있는 커뮤니티가 있으면 그 보호 아래 모두 다 사람답게 살아나갈 수 있다.

40~50년 전에 재일 동포가 하나로 뭉쳐 사는 커뮤니티를 만들겠다고 했더라면 아마 일본 사람의 큰 반발을 샀을지 모른다. 그러나 이제는 외국인이 제각기 자기 나라 말과 문화를 지키는 커뮤니티를 이룩하여 서로 돕고 이끌어 가면서 사는 것이 좋겠다. 그것이 미래의 일본 사회에 있어서도 매우 바람직한 존재 방식이 아닐까.

점을 선으로 만들고 싶다

조선 해방 후 재일 조선인 한국인 사회에서는 차세대에게 말과 문화를 가르치는 민족 학교를 중심으로 하여 커뮤니티가 발전되어 왔다. 그것을 실지로 보고 자라온 나는 재일 동포가 정체성을 유지하면서 생활할 수 있는 완성된 커뮤니티를 새롭게 만들고 싶다는 꿈을 꾸게 되었다.

조선인 한국인이 해외에서 하나로 뭉친 커뮤니티를 만들었다는 이야기는 들어본 바 없다. 그것을 일본 땅에서 만드는 데는 많은 이점이 있다고 본다. 일본은 조선반도에 가까운 나라이며 갈수록 국제화가 진행되어 가고 있다. 많은 외국인이 일하고 있는 일본은 어떤 국적이나 뿌리를 가진 자도 성실히 생활하면 일본 사회의 일원으로 받아들여 주는 성숙된 사회가 되어 가고 있다.

우리 민족 조직으로는 일본에서 조총련과 민단이 있으나 서로 대립만 하고 기능 마비에 빠지고 있다. 양 조직은 두 나라가 뒤에서 따로따로 지지하고 있기 때문에 협력하여 민족적 커뮤니티를 만들 가능성은 극히 적다.

그렇다면 내가 자기 자신에게 투자하고 독자의 커뮤니티를 만들어 볼까. 그것이 오히려 지름길이 아닌가. 그렇게 생각한 나는 새로운 커뮤니티의 거점으로서 민족 학교 〈청구학원〉을 설립했다.

나는 이미 미노리병원을 거점으로 하여 의료/양호 복지/보육 분야에서 작으나마 재일 동포 커뮤니티를 가지고 있다. 거기서는 일본인도 함께 일하지만 재일 동포는 자기를 감추는 일 없이 자유로이 날개를 펼치고 있다. 이 커뮤니티를 점이 아니라 좀 더 큰 모양의 면으로 만들고 싶은 것이다.

그러기 위해서는 거점으로서의 학교 운영을 성공시켜야만 한다. 정원 600명을 실현하고 운영이 정상화된다면 거기에 많은 동포가 모여들어 하나의 커뮤니티가 형성될 것이다. 동포들이 마음 놓고 생활하여 학교 인근에서 장사도 하며 그렇게 되면 상점가가 만들어질 뿐만 아니라 한국어를 배우려는 일본 사람들도 많이 찾아올 것이다.

재일 조선인 한국인이 일본 사회와 협조하고 민족의 존엄성과 정체성을 지키면서 집단으로 살아나가는 것은 참으로 바람직한 일이다. 이 생각은 내 어머니도 같았다.

나는 대학 졸업 당시 다음과 같이 미래 예측을 하였다.

"재일 동포는 부모의 대로부터 여기에 살고 있으니만큼 다른 외국인보다 가장 오랜 생활을 하고 있다. 앞으로 많은 외국인이 일본에 찾아올 것이다. 장차 재일 동포는 다른 외국인들보다 유리한 입장에 서게 된다."

결국 지금 그렇게 되어 가고 있다. 우리가 여러 면에서 다른 외국인들의 본보기가 되어 주면 좋을 것이다. 우리는 재일 외국인으로서 일본 땅에서 큰 역할을 해야 한다.

한편, 현재 우리 동포는 '조선부락'에 모여살던 이전과 달리, 1990년대 일본이 도시화됨에 따라 일본인과 섞여 살게 되었다. 이런 변화된 환경에 맞게 나는 〈청구 쓰쿠바〉를 중심으로 하여 1년에 몇 번씩 민족의 축제를 개최할 생각이다.

제6장

가족과 의사인 나

1

형제와 아이들

다시 모인 네 형제

형 정룡은 조선대학교를 졸업하자 미토시에 있는 조선 학교 교원이 되었다. 거기서 동료인 여교원과 마음이 맞아 결혼하여 이후 줄곧 교직의 길을 걸어왔다. 지금은 청구학원 교장으로 근무하고 있다.

손아래 동생 정구는 삿포로대학 졸업 후 러시아어 어학 실력을 살려 목재를 사들이는 일본 상사의 배에 탔다. 러시아 극동 블라디보스토크 등지를 자주 드나들었으나 바다에서 거친 파도를 종종 만나 매우 위태로운 경험을 한 끝에 직업을 바꾸었다. 여러 직업을 전전한 후 현재 내가 경영하는 〈케어하우스 호센카〉의 책임자가 되어 있다.

막냇동생 정이는 내가 가나가와현의 병원 수련의로 근무 중이던 무렵 내 집에서 메이지대학을 다녔다. 변호사를 목표로 열심히 공부하여 1차 시험은 합격했지만 2차 시험에는 좀처럼 통과되지 않았다. 결국 단념하여 내가 설립한 특별 양호 노인 홈 청구원의 지도원이 되었다. 그는 내가 쓰쿠바시에 보육원을 설치할 때 많은 역할을 해 주었다. 이후 20년 이상이나 원의 책임자로 적지 않은 공헌을 해주었으나 2019년 3월 7일 병으로 세상을 떠났다. 정이 가족들도 포함하여 우리 형제는 모두 나의 병원 관련 시설이나 학교에서 근무하고 있다. 그리하여 병원 가까이에서 모두 함께 화목하게 살고 있다. 어머니가 늘 "네 형제가 사이좋게 지내라"라고 하셨는데 그 말씀 그대로 되었다고 생각한다.

가족 3명에게 수술을 하다

의사가 된 나는 부모와 형의 수술을 하였다. 의학생 때 어머니가 충수염을 앓아 단골 의사 니토베 선생님께 수술을 부탁했다. 선생님이 나를 수술실에 들어가도록 배려해 주셨다. 그때는 수술 칼을 들지 않았다.

가족 중 처음 내가 수술한 것은 아버지의 장폐색증이다. 개업하여 얼마 지나지 않은 때인데 아버지가 수술한다는 소식을 듣고 바로 아오모리의 명월관 가까이에 있는 교와병원에 달려갔다. 거기는 일본 공산당계 병원이어서 여러모로 편의를 봐주어 나도 함께 수술에 참여하도록 해주었다.

한편 어머니는 오래도록 등을 앓았다. 담석이라는 진단을 받았기에 미노리병원에 모셔와 동료 의사들과 더불어 수술을 하였다. 다행히도 담석은 완치할 수 있었다. 형의 경우는 총 담관 결석이었다. 황달이 생겨서 빨리 수술하지 않으면 큰일 날 뻔한 상태였다. 다행히 형도 내 병원에서 수술해서 치료할 수 있었다.

이리하여 나는 의사로서 가족 세 명에게 수술을 하여 좋은 결과를 얻을 수 있었다. 돌이켜보니 의사가 되어서 좋았다. 의사이기 때문에 각별한 경험을 할 수 있었다고 새삼스레 느껴진다.

저자가 개업 준비 때문에 이바라키현에 이사한 해, 미토를 방문한 부모님. 1981년 5월 4일.

의사가 된 세 명의 아이들

가나가와현에서 연수의를 하던 때 맏딸 명숙, 맏아들 명호 그리고 둘째 아들 명철이가 태어났다. 이바라키현으로 이사하고 미노리초에서 개업한 후 3명 아이들은 거기서 미토시 센바(千波)초의 조선학교를 다녔다. 집 앞을 달리는 국도 6호는 늘 차가 붐벼서 버스가 제대로 오지 않는다. 그래서 이바라키현의 말단 지방 자치제 관청이 있는 오쿠노야(奧谷) 버스 정거장까지 승용차로 데려다 주는 것이 내 일이 되었다. 그 버스 정거장 가까이에 책방이 하나 있어

하교 시 아이들은 만화책을 선 채 읽는 데 열중하여 아무리 기다려도 돌아오지 않을 때가 많았다.

자식들은 모두 초등학교까지만 조선 학교에 다니도록 하고 중학교는 가까이의 공립 미노리중학교에 다니게 하였다. 미토의 조선 학교는 도회지 학교에 비해 교육 기회가 결여되어 있다고 느껴졌기 때문이다.

그 후 맏딸은 현립 미토 제2고교를 거쳐 도카이(東海)대학 의학부에 들어갔다. 맏아들과 둘째 아들은 공립 쓰치우라(土浦) 제1고교를 거쳐 장남은 도카이대학 의학부, 차남은 기타자토(北里)대학 의학부에 들어갔다. 그리하여 지금 그들은 모두 의사의 길을 걷고 있다.

나는 자식들에게 의사가 되라고 말해 본 적이 없다. 그러나 제 아비가 아침부터 밤까지 일하며 밤중에도 자지 않고 환자를 진찰하는 뒷모습을 보면서 의사가 되겠다고 생각한 것이 아닐까. 의사는 나쁜 직업이 아니다. 좋은 길을 선택해서 다행이라고 생각한다.

나의 아이 키우기의 기본은 방임주의다. 먼 데서 가만히 지켜보다가 남에게 피해를 끼치거나 잘못 길을 갈 때는 "아니야"라고 해서 정상 궤도에 되돌려 주도록 하고 있다. 사자는 자식을 천 길이나 되는 깊은 골짜기에 떨어뜨려 제힘으로 기어 올라온 자식만을 키운다고 하지만 나에게는 그만한 용기가 없다. 아이는 기본적으로 좀 먼 데서 지켜보는 것이 제일이라고 생각한다.

큰딸, 명숙의 초급학교(초등학교) 졸업에서 아내와.

이바라키 조선 초중고급학교 교문 앞에서.
장남 명호.

차남 명철의 졸업식.

2

다시 자식 곁에서 살게 된 아버지와 어머니

세 번 집을 지은 어머니

어머니는 연약한 여자의 힘으로 집을 세 번 지었다. 첫 번째는 내가 초등학교에 들어가는 무렵 아오모리시 갓포초에 있던 창고를 사다가 주택으로 개축하였다. 두 번째는 아오모리시 오노란 데에 지었다.

세 번째가 형이 살던 미토시의 집이다. 내가 1982년에 개업한 후 경영이 잘되어갈 무렵의 이야기다. 어머니에게 "불고기 장사 그만하고 형 가족과 함께 살면 어떨까요"라고 권유해 보았다. 그러자 어머니는 자신이 부탁을 잘 들어주는 아오모리의 목수를 시켜 아오모리 특산 상록 교목 노송나무를 대량으로 사들이고 미토에 노송나무로 된 집을 지었다. 지붕 모양을 큰 눈이 쌓이지 않도록 지었기 때문에 눈으로 인한 피해를 막을 수 있었다.

아버지와 어머니는 형 가족들과 더불어 그 집에서 살기 시작했으나 형 부부에게는 아이가 세 명이 있어 집이 비좁고 갑갑한 탓인지 얼마 안 있어 아오모리로 되돌아갔다.

그러하다니 내가 나서서 아오모리의 목수에게 부탁하여 병원의 넓은 부지에 숙사를 네 동 지었다. 아버지와 어머니는 그중 한 동에서 두 분이 마음 편하게 지내게 되었다.

아버지의 경륜광은 여기 와서도 계속되었다. 이사 오자마자 현의 남쪽에 있는 도리데 경륜장에 다니기 시작하였다. 내 맏아들이 쓰치우라의 고교에 재학 중 자주 버스 안에서 만난 것 같다. 할아버지가 "이쪽으로 오너라고 손을 올리면서 불렀다"고 늘 말하곤 했다. 내 자택도 병원 부지 안에 있다. 이렇게 부모는 다시 자식들 곁에서 살게 된 것이다.

성묘단과 아버지의 별세

아직 조선적을 그대로 가지고 있던 시기 우리 가족은 한국에 못 들어갔다. 민단이 조선적 동포에게 한국의 발전상을 보이려고 성묘단이란 명목 아래 한국 방문 사업을 기획하고 부모도 거기에 참가하셨다. 그때 부모는 조국의 친척들과 재회할 수 있었다.

그 후 1992년 9월 한국을 방문한 우리 내외와 막냇동생 정이는 동행한 부모로부터 처음으로 친척 소개를 받았다. 어머니는 좀 더 있겠다면서 친척 집에 머물었고 우리 내외와 정이는 아버지를 모시고 3박 4일 일정으로 먼저 일본에 돌아왔다.

2, 3일 후의 아침 "아버지가 의식을 잃고 경련을 일으키고 있다"

고 정이가 연락해 왔다. 아버지는 4년 전에 뇌경색을 일으켜 걷기를 힘들어하셨다. 곧 내 병원으로 모시고 인공호흡기를 장착하였다. 한국에 계신 어머니가 연락을 받고 급히 돌아왔으나 그 3일 후인 9월 13일 아버지는 세상을 떠나셨다. 78세였다.

아버지는 재활 치료를 위해 아침마다 산책하는 것을 일과로 삼았으며 그날도 아침 일찍부터 걷고 있었던 것 같다. 한여름이어서 수분이 부족해 뇌의 혈관이 막히었을 것이다. 지금 돌이켜 보니 그렇게 생각된다.

어머니는 그 후 자식들과 더불어 몇 번인가 조상의 성묘를 갔다. 조상의 묘는 아버지의 출생지 경상도 대구 가까이의 공동묘지 안에 있다. 교통은 불편하지만 양지바르며 풍수학적으로 좋은 자리라고 한다.

조상의 묘는 일본을 향해 있다. 한국의 친척이 "장래 일에서 성공하는 사람이 일본에서 날지 모른다"고 하였다. 혹시 나를 두고 한 말인가, 그렇게 생각하곤 하였다.

어머니는 "묘는 절대로 옮기면 안 된다. 수리해도 안 된다. 그런 일을 해서 좋은 일이 하나도 없다. 화를 입을 뿐이야"라고 늘상 말하였다. 아버지 별세 25년 후인 2017년 7월 16일 어머니는 나의 병원에서 90년의 생애를 끝마치셨다.

양친이 일본에 건너와 우리가 있다

아버지 고향이 대구 교외의 시골이니 친척들도 거의 거기에 살며 건설 노무자 아니면 부동산 산업에 종사하고 있다.

만약 아버지가 일본에 건너오지 않았더라면 나는 어떻게 되었을까, 그리 생각할 때가 많다. 눈치 빠른 나이니만큼 대구나 어딘가에서 부동산 영업 아니면 그 무슨 브로커가 되었을지 모른다. 조상의 살림이 어려워 아무도 도와주지 않으면 그 이상의 기회는 없었다고 생각된다.

양친이 만주 땅이 아닌 일본 땅에 건너와 성실히 일하며 자식들에게 좋은 교육을 받게 해 준 덕택으로 우리 형제는 여기까지 걸어올 수가 있었다.

제7장

골프에 매혹되어

❧ 1 ❧
골프광

첫 골프

나는 대학을 졸업할 때까지 특별한 취미 없이 지내 왔다. 수련의로 요코하마 미나미 공제병원에 근무하던 때 병원에서 의사들이 점심이나 업무 후 자주 골프와 자동차에 대한 이야기를 하곤 하였다. 그와 같은 세계와 완전히 무관한 나는 의사란 사람은 골프와 자동차 이야기 밖에 안 하는가 하고 기이하게 느꼈다.

그것은 혹시 아리타 미네오(有田峯夫) 병원장이 골프광이었기 때문인지 모르겠다. 그 무렵 병원장은 우리 수련의들을 자주 골프 연습장이나 골프장으로 데려가 주었다.

어릴 때부터 워낙 스포츠를 좋아하며 운동 신경이 발달한 편이던 나는 처음부터 골프를 쉽게 보고 있었다.

"그따위 공을, 치지 못할 리 없지."

그런데 막상 해보니 공이 마음먹은 대로 가지 않는다.

"아, 골프는 어려운 스포츠다. 오묘한 스포츠구나."

너무나 골프 연습장을 다니고 싶어서 아내와 의논한 끝에 20만 엔으로 중고차 블루 버드를 샀다. 27세 무렵의 일이다.

당시 골프는 덤프차 3대분의 공을 치지 않으면 실력이 늘지 않는 다고 하였다. 골프에 숙달하고 싶은 마음으로 아리타 병원장에게 보증인이 되어달라고 부탁하여 은행에서 돈을 빌려 하야마(葉山) 컨트리클럽의 회원권을 구입하여 멤버가 되었다. 아침과 밤, 하루 두 번 연습하고 일요일마다 코스에도 나갔다. 미라를 파내러 간 사람이 미라가 된다는 소리는 이런 경우를 두고 말하는 것 같다. 단단히 골프에 미쳐 버렸다.

이리하여 1년 후에는 핸디 13에 도달했다. 나는 무엇이든 한번 시작하면 집중해 철저하게 해내는 타입이다. 5년 후에는 싱글의 한 조가 되었으며 당분간 싱글을 유지하였다. 병원 당직 수입의 대부분은 골프 연습장에 쏟아 넣은 게 아닐까. 아내에게는 미안하 다고 생각한다.

하루 네 번의 연습

개업 목적으로 이바라키현에 이사한 다음에도 골프에 대한 열정 은 식지 않았다. 이바라키현 내 6~7군데의 골프장 회원권을 사서 멤버가 되었다. 각 골프장 시합에 나가는 것이 유일한 즐거움으로 되었으며 일요일마다 코스로 나가서 실력 향상에 열중하였다.

집 가까이에 있는 연습장에서도 아침, 낮, 밤에 연습을 계속하고 시합을 앞두고는 하루에 네 번이나 연습장에 갔다. 아침은 6시부터 7시까지, 낮은 점심 후, 저녁은 근무 후, 밤은 저녁 식사가 끝난 뒤 연습장의 문이 닫힐 때까지 연습을 계속하였다.

포켓벨(한국에서는 삐삐)을 항상 휴대하고 구급 환자가 왔다는 연락이 오면 급히 병원에 돌아가 치료를 하고 그것이 끝난 뒤 다시 골프 연습장으로 되돌아갔다. 그때는 마치 골프 연습 사이에 일을 하고 있었다고 해도 과언이 아니었다.

그렇게 골프에 열중한 나머지 왼손 손가락이 변형되어 물건을 잡을 수 없게 되었다. 밤 연습 후 손가락에 염증을 일으켜 아무런 조치도 안 한 채 자버렸기 때문이다. 이는 그렇게까지 노력했다는 증거가 될는지….

❦ 2 ❦
초샤쿠 김 씨

클럽에 대한 집착

나는 골프 클럽에도 관심이 아주 많았다. 새로운 클럽이 판매되면 당장 사서 사용해 보았다. 10야드라도 더 멀리 날리고 싶었던 것이다. 돈도 많이 투자하였다.

내가 골프를 하기 시작하였을 때 드라이버(원거리용 골프채)의 헤드(머리) 부분은 감나무로 만들어졌다. 비 오는 날에 플레이하면 헤드 부분이 팽창하여 심이 약간 어긋나 버린다. 집에 돌아와 늘 말리고 닦곤 하였다. 어느새 그것이 일과가 되었다. 여하튼 매일 밤 골프 클럽을 어루만졌으며 손질을 소홀히 하지 않았다.

배우는 일이면 무엇이든 그렇겠지만 하루 네 번씩이나 연습하면 상당히 숙달되는 법이다. 자연히 공을 내 마음대로 날릴 수 있었다. 단 비거리(공이 나는 거리)가 늘지 않은 것이 골칫거리였다. 나는 결코 몸집이 크지 않아 공을 멀리까지 날리는 데 꽤 고생하였다.

골프 시합에서는 공이 어느 정도 먼 데까지 날지 않으면 승자가 될 수 없으며 재미도 없다. 여러모로 시도해 보았으나 좀처럼 핸디 8의 벽을 넘어서지 못했다.

골프를 시작한 지 10년이 지난 어느 날 불현듯 초샤쿠(長尺) 드라이버를 써보면 어떨까 하는 생각이 났다. 당시 드라이버의 샤프트(손잡이) 길이에는 제한이 없었다. 메이커에게 특별히 주문하여 서서히 샤프트의 길이를 바꾸어 갔다. 다른 사람의 클럽에 비해 30센티 길다. 1인치(약 2.5센티) 길게 만들면 적어도 약 3야드는 멀리 날아가기에 30센티면 36야드 정도 멀리까지 쳐올릴 수 있는 셈이다.

비거리에 있어서 다른 사람보다 우위에 서기 위하여 60인치 드라이버로써 270야드를 능히 날리었다. 그 결과 나보다 체격이 튼튼한 자에 맞서 이길 수가 있었다.

스푼(3번 우드, 우드는 끝을 나무로 만든 클럽을 의미한다)은 53센티를 사용하였다. 롱(장타) 홀(공을 넣는 구멍)의 500야드는 대체로 두 회로 당도하는 비거리다. 남들보다 멀리 날아가니 아무래도 유리하다.

60인치 드라이버라고 하면 164센티인 내 키와 비슷하다. 그래서 자동차 트렁크에 넣지 못한다. 시합 때마다 자동차 뒷좌석에 싣고 갔다. 먼 지방에서의 시합 때에는 전차를 타고 갈 때 클럽 등은 다른 편으로 보냈다. 60센티 드라이버만은 낚싯대 가방에 넣어 들고 갔다.

미토시내 골프장에서는 "호오, 이게 김 씨의 클럽인가" 하면서

"내 허가 없이 저 긴 클럽을 휘두르는 사람들도 나타났네"라고 농담으로 하곤 했다. 나는 골프 잡지나 스포츠 잡지의 취재를 받는 기회가 많아 현 내에서는 〈초샤쿠 김 씨〉라 불리는 꽤 유명인이 되었다.

일본 사회인 골프 선수권 예선에서 메달리스트로

47세인 1993년 9월 2일 나는 다이하코네(大箱根) 컨트리클럽(교외의 골프장 딸린 휴양 시설)에서 열린 〈제24차 내각총리대신배·일본 사회인 골프 선수권 일본 예선〉에 나갔다.

그날이 목요일이면 대리 진찰을 부탁하고 병원을 쉴 수 있다. 이 예선만 목요일에 진행된다고 하니 참가했다. 아침 4시에 기상하

다이하코네 컨트리클럽에서 〈사회인 골프 선수권 동일본 예선〉에서 우승. 1993년 9월 3일.

여 이시오카(石岡)역까지 자동차로 가서 전차로 갈아타 하코네로 향하였다. 거기서 택시로 대회장에 달려가 플레이해서 금메달을 쟁취하였다.

58센티 초샤쿠 드라이버를 사용하여 승리했으며 유독 나만이 언더(타수가 기준 수 이하)였다. 핸디에서 가장 신이 난 시기였다.

다음 날 9월 3일부 스포츠 닛폰(日本)에 〈초 초샤쿠(超長尺)" 금메달리스트〉라는 표제 아래 특별 기사가 실렸다.

플레이를 거듭함에 따라 골프 회원권 구입도 취미가 되어 마음에 든 골프장이 있으면 거기 회원이 되었다. 그때마다 사람들은 나를 보고 〈도장 깨기〉 아닌 "〈클럽 챔피언 깨기〉가 왔다"고들 하였다. 챔피언이 되고 싶어 왔구나 소리를 듣는 것은 오히려 영예로운 일이다. 전성기에는 1년에 세 군데의 클럽 챔피언이 되었다.

1타로 일본 아마추어 골프 선수권 출전 기회를 놓치다

〈간토(關東) 아마추어 골프 선수권 월례〉는 프로를 지향하는 학생이나 골프 실력을 자랑하는 사람들이 많이 출전하는 대회다. 시합은 대개 월요일 아니면 금요일이었다. 나는 목요일 외에는 병원을 쉴 수 없다. 어떻게 시합에 나갈 수 없을까 고민하여 2~3년간 근무 예정표를 유심히 살폈지만 방법이 없었다. 만일 출전했더라면 내 골프 인생이 더 화려했을지 모르나 그렇다고 병원을 그만둘 수 없는 것이었다. 이것이 두고두고 마음에 걸렸다.

그래도 간토 아마추어 골프 선수권이라는 큰 대회 시합에는 출전

할 수 있었다. 시합 일수는 4일간. 사이타마(埼玉)나 지바(千葉)에서 진행되는 경우 아침 일찍이 나가 밤중에 돌아오고 다시 다음 날 아침에 나가는 매우 분주한 4일간을 보냈다.

사이타마현 아라시야마(嵐山) 컨트리클럽에서의 결승전에서는 24위가 되었으며 마지막 1타를 잘 못해 목표이던 일본 아마추어 골프 선수권 출전권을 놓쳐 버렸다. 이것이 나의 골프 인생 최고 성적인 것이다.

이렇게 일본 아마추어 골프 선수권에는 나가지 못 했지만 간토 오픈 출전 자격은 얻었다. 니이가타(新潟)의 포레스트 컨트리클럽에서 열린 대회에 초샤쿠 클럽을 어깨에 메고 나갔다. 이때가 내 골프 인생 절정기였다고 본다.

지금으로부터 십수 년 전에 샤프트의 길이는 48인치까지로 한다는 규제가 정해졌다. 그러자 그 후 비거리가 전혀 늘어나지가 않았다.

당시로 말한다면 일본 골프가 성행하는 시기여서 아오키 이사오(青木功), 오자키 쇼지(尾崎将司), 야스다 하루오(安田春雄) 등 쟁쟁한 프로 골퍼가 활약하고 있었다. 언제나 텔레비전 화면을 보면서 나도 프로처럼 골프가 되면 얼마나 좋겠는가 하고 부러워하였다. 물론 그렇게 될 힘도 시간도 없었지만 일단 타오르는 열정은 억누를 수 없었다. 코스 출전 연간 100회가 내 목표였으나 실제는 기껏 78회가 최고였다.

3

골프 회원권 소송

민족 차별과 싸우다

골프를 시작한 지 10년쯤 지난 1983년 12월 이바라키현 가사마(笠間)시에 있는 후지(富士) 컨트리 가사마클럽 멤버가 되기 위하여 친구에게 대금을 지불하고 나서 회원권을 양도받았다. 그런데 클럽 측으로부터 "명의 변경 불허" 즉 회원이 될 수 없다는 통보를 받았다.

그저 골프를 좋아하여 룰과 매너(예법)를 지키고 사업을 하면서 많은 사람들과 서로 이해하며 공존하면서 즐겁게 살아온 것인데 국적 하나만 가지고 거절되었던 것이다. 당시 나는 조선 국적이었다. 클럽 측은 명확히 말하지 않았지만 아무리 생각해도 납득이 가지 않았다. 나는 틀림없이 민족 차별이라 생각되었다.

나는 어머니를 닮았는지 도리에 어긋나거나 비뚤어진 일은 아주 질색이다. 스포츠를 사랑하는 자로서 룰을 무시하거나 남에게 피해

끼친 바도 없는데 왜 외국인이라 하여 멤버가 될 수 없는가. 부당한 차별은 없애 달라고 변호사에게 호소하였다.

그랬더니 그 변호사가 하는 말인즉 "여태껏 전례가 없고 김 씨에게 불리하니 소송을 취소하는 것이 좋겠다."

그 후 미토에서 외국인 차별 문제에 특별히 관심이 많은 변호사를 만났다. 도바리·야하기 법률 사무소의 도바리 준페이(戶張順平) 변호사와 야하기 요이치(谷萩洋一) 변호사다. 나는 그들에게 "이것은 조선인의 인권 문제이기 때문에 승부와 관계없이 세상에 알리기 위해서라도 소송해 달라"고 부탁하였다.

1985년 8월 외국적을 이유로 하여 골프장 입회를 거절당했다고 미토 지방 재판소에 소송을 냈다. 그때가 내 나이 39세, 미노리초에서 개업한 지 2년 8개월이 지난 무렵이다.

사실인즉 이는 골프 회원권에 관하여 외국인이 전국에서 처음으로 일으킨 획기적 소송이었다. 수많은 기사가 대대적으로 보도되었으며 요미우리신문(読売新聞)은 소송을 하루 앞둔 4월 14일에 "재일 조선인의 입회를 거절, 이바라키의 골프장, 〈국적 차별〉이라는 비판 나옴"이란 큰 표제로 대서특필하였다.

나에게 탄탄한 사회적 지위에 있으면서도 좀처럼 골프장 멤버로 될 수 없는 비슷한 처지에 놓인 재일 동포들로부터 많은 문의와 격려의 편지와 전화가 걸려 왔다. 다른 한편 적지 않은 일본인들이 전화로 "왜 그런 짓을 하느냐", "일본의 관습을 거역하려는가"라고 듣기 싫은 소리를 했다.

클럽 측에서는 일본 이름을 사용한다면 검토하겠다는 타진이 있었으나 나는 본명을 써서 사람답게 살아가는 것이 신조이기에 받아들일 수가 없다고 딱 잘라 거절하였다. 같은 인간으로 일본인과 어깨를 나란히 하여 승부한다는 것이 나의 삶의 가치관이지 부당한 차별을 감수하면서 일본인에게 뒤지기는 싫다. 일본인에게 추종하면서 사는 것은 내 인생 철학이 아니니까….

화해 성립

소송 다음 해인 1986년 3월 드디어 클럽 측과 타협하여 화해에 응하였으며 나는 당당히 멤버가 되었다.

조요신문(常陽新聞)은 4월 16일부로 다음과 같이 보도하였다.

김 의사는 쇼와 60년(서기 1985년) 8월 (1)주주(株主)의 지위, (2)클럽 회원의 지위─의 확인과 (3)플레이를 방해하지 않는다라는 3항목을 미토 지방재판소(地裁)에 제소, 동년 12월 19일 (1)클럽의 양도 불승인 결의는 국적에 의한 차별이 아님, (2)김 의사의 오해를 초래하는 소송으로 인한 분쟁은 유감임, (3)김 의사가 남의 이름으로 후지 컨트리에서 플레이한 것은 사과함─등 8개 항목의 합의에 도달, 올해 3월 명의 변경이 끝났다.

이바라키 신문의 취재에 대하여 나는 "차별에 대해 말한다면 그 것은 차별당한 사람에게 참을 수 없는 고통을 주며 차별하는 측에 인격의 황폐함을 가져다준다"고 대답하였다.

화해에 대하여 나는 기자 회견 자리에서 다음과 같이 말하였다.

일본은 국제 사회에서 리더십을 발휘할 정도까지 성장하였지만 한편으로는 이와 같은 문제가 방치되어 있는 것이 실상이다. 조선인이라도 유력자의 연줄을 이용하는 등 일부 루트를 통해 입회할 수 있는 클럽도 있지만 그것으로는 사회의 진보는 이룩되지 않는다. 여론을 불러일으키는 의미도 있고 해서 소송을 했다. 이번 화해가 보도되어 가일층 여론을 환기하게 되면 다행이다. (주간 『골프 다이제스트』 1986.5.20호)

1992년에 전년도에 설립된 특별 양호 노인 홈 청구원과 골프 회원권 소송의 취재 목적으로 한국의 시사 주간지 『뉴스 메이커 NEWS MAKER』 기자가 찾아왔다. 그 기사가 동년 7월호에 크게 게재되었다. 골프 회원권 소송에 대하여 다음과 같이 보도하였다.

클럽에서 이유는 없으나 이사회 승인을 얻지 못하기 때문에 거절한다고 전해 왔다. 따라서 소송을 했다. 정말 긴 시간 고독한 투쟁이었다. 민단과 조총련에도 협력을 요청했으나 시기상조라면서 체념을 권할 뿐이다. 그러나 우리 부모들이 겪은 괴로움을 2세마저 맛볼 수는 없다. 결국 아내까지 아이를 등에 업고 법정을 다녔다고 하는 나의 코멘트를 들은 지역 주민들은 "시대의 잘못된 흐름에 반발하는 김 씨, 그는 매너도 좋고 의사로서 인망도 높다"하여 적극적으로 응원해 주었다.

퍼져가는 파문

골프 회원권을 둘러싼 인권 문제로 세상에 한 개의 돌을 던진 파문은 컸다고 본다. 그때까지 외국인이 일본의 이와 같은 자리에서 공공연하게 이의를 제기한 바는 적었다. 특히 재일 조선인 한국인은 숨을 죽이며 되도록 풍파를 일으키지 않고 일본인의 그림자를 밟지 않을 정도로 조심하면서 살던 때였던 만큼 나와 같은 행동은 드문 일이었을 것이다.

이후로는 골프장에 가면 "실은 나도 김 선생과 같은 나라인데요", "나도 등록 멤버이지만 통칭인 일본 이름입니다"라고 말을 걸어오는 기업 사장들이 많이 나타났다. 일본의 프로 골퍼 중에도 조선으로부터 일본에 귀화한 사람이 적지 않다.

앞에서 소개한 골프 잡지 『골프 다이제스트』는 또한 골프장의 현 실정에 대하여 "골프의 대중화, 국제화가 촉진되는 속에서 유감스럽게도 이와 같은 외국인 차별은 아직도 많다. (중략) 명문화되어 있지 않는 실례를 포함하면 반수 이상의 클럽에서 이와 같은 형태의 차별이 있다"고 썼다.

이렇게 대대적으로 대중매체에서 보도되어도 많은 골프장에서는 외국인을 받아들이는 데 대해서는 아직도 저항감이 있는 것 같다. 그들은 특히 일본 이름을 대지 않는 사람을 싫어하였다. 나 자신이 경험한 일인데 어떤 골프장에서는 "약간 문제 있음. 김 씨를 멤버에 넣지 않으면 다시 소송을 일으키니 곤란하다. 김 씨만은 특별이다"라고 하면서 예외로 받아들여준 바도 있었다.

이바라키현 호코타(鉾田)시에 있는 다이야 그린 클럽만은 달랐다. 지배인 시마노(島埜) 씨가 "여기는 골프를 애호하고 룰을 지키는 분은 누구든지 들어갈 수 있습니다."라고 하면서 흔쾌히 맞아주었다.

나는 소송의 행방에 따라서는 진료소 문을 닫을 각오까지 했으나 결과적으로 그렇게 되지는 않았다. 그 후 후지 컨트리 가사마클럽에서 핸디 0이 되어 한때 클럽 챔피언이 되었다. 그 밖에 다이야 그린클럽에서 7회, 히가시쓰쿠바(東筑波) 컨트리클럽에서 8회, 시시도(宍戸) 힐즈 컨트리클럽에서 2회, 미토 골프클럽에서 1회, 합해서 19회나 클럽 챔피언이 되었다.

4

골프가 일의 활력소

가족과 함께 하는 골프의 즐거움과 기쁨

나는 골프가 생활화되어 골프가 내 일상의 중심이 되어 생활하고 있었지만 아내는 변함없이 아이를 돌보는 데 여념이 없었다. 그러나 아이들이 대학에 진학하고 집을 떠난 다음부터는 아내도 골프를 하는 여유가 생겨 근처의 골프 스쿨에 가기 시작하였다.

1986년 어머니는 아오모리역 앞에서 오래 경영해 온 불고기집 〈명월관〉의 문을 닫고 이후 아버지와 함께 우리 집에서 살게 되었다.

1992년 아버지가 세상을 떠나게 되니 어머니도 며느리에 이끌려 골프 스쿨을 다니게 되었다. 어머니는 가사마시의 후소(扶桑) 컨트리클럽의 멤버가 되어 우리 내외와 함께 늘 골프를 즐겼다. 어머니는 언제나 자기는 잘못하지만 이 아들은 몇 번이나 챔피언이 되었다고 주변에 자랑하고 다녔다고 한다.

우리 내외는 일요일이면 꼭 어머니를 모시고 현 내의 이름난 골프장과 리조트 코스에 가서 플레이를 즐겼다. 모자 셋이서 골프를 할 수 있다는 것은 얼마나 행복스러운 일인가. 고생하여 나를 키워 준 어머니에게 적으나마 효도할 수 있었다.

도쿄에서 장사하고 있던 어머니의 오빠도 골프를 매우 좋아하였다. 어머니가 아직 아오모리에 계실 때 그 오빠가 찾아가면 꼭 손수 만든 푸짐한 요리로 환대받은 것 같다. 그러다가 골프를 습득한 오빠까지 합쳐 이번에는 넷이서 도치기(栃木)의 리조트 코스에서 플레이하는 기회가 생겼다. 어머니는 자기 오빠와 함께 골프를 하게 된 것을 더없이 기뻐하셨다. 나는 아버지 쪽의 숙부들과도 자주 골프를 하였다.

내 자식들은 셋 모두 의사가 되었는데 그중 아들 둘도 또한 골프에

어머니, 아내, 형제, 아들들과 골프를 즐기다. 닛코 근교의 골프장에서.

열중하였다. 가족 넷이서 코스를 돌 때도 있다. 골프는 부모와 자식 간의 의사소통에 가장 적합한 놀이이며 좋은 취미이기도 하다.

인생을 풍족하게 해준 골프

나에게 맨 처음에 골프를 가르쳐 준 요코하마 미나미 공제병원의 아리타 미네오 병원장이 미토 골프 클럽을 찾아온 적이 있다. 함께 골프를 하면서 내 솜씨가 꽤 늘어난 것을 무척 기뻐해 주셨다. 병원장은 누구에게도 편안히 대하는 좋은 사람이어서 조선 국적인 나에 대해서도 차별을 두지 않고 잘 대해 주셨다. 대단히 감사하고 있다.

골프를 통하여 의사 이외의 업종이 다른 사람들과 많이 만나 친근하게 사귀게 되었다. 만일 병원 일만 하고 있었더라면 아마 의사와 그 주변 사람들밖에 교류할 기회가 없었을 것이다. 골프를 함으로써 교우관계가 넓어지고 많은 것을 배우게 되었으며 그런 것이 내 인생에 많은 이로움을 가져다주었다.

지금도 골프는 취미이며 연습도 한 주에 몇 번이나 한다. 매주 일요일은 아내와 같이 코스에 나가 플레이하고 있다.

"김 씨는 일을 안 하고 골프만 하고 있다."

농담 삼아 그렇게 말하는 사람도 있지만 물론 그럴 리 없다. 반대로 보통 사람의 2~3배 일하고 있는지 모르겠다. 나는 동시에 여러 일을 할 수 있는 타입인 것 같다. 좋아하는 골프도 할 수 있고 일도 할 수 있다. 스위치의 전환이 빠른 것이다.

이렇듯 골프는 내 인생에서 없어서는 안 될 생활 요소의 하나가

되어있다. 일상생활에서는 스트레스가 많이 쌓이지만 골프는 스트
레스 해소에 최적의 놀이이며 스포츠다. 나는 골프를 안 하면 오히
려 몸을 지탱할 수 없다. 골프 없이 이렇게까지 일에 집중할 수
있었다고는 생각 못 한다. 나는 지금 골프 연습을 할 수 있는 마당을
가진 집에서 살고 있다.

시시도 힐즈 컨트리클럽(이바라키현 가사마시)에서 2004년과 2005년에 걸쳐 2연패.

제8장

모든 사업에는 시작이 있으며 끝이 있다
–독자적 경영 방식

∞ 1 ∞
가장 효율적인 경영 방법

시골에서 도쿄로 진출하는 전략

2021년인 올해로부터 39년 전인 1982년 12월 8일 나는 36세 나이
로 일본 간토 북부 지방 이바라키현 미노리초(현 오미타마시)에 침대
수 19병상의 작은 진료소를 개설하였다. 이것이 나의 경영자로서의
출발이었다.

이바라키현에서 개업한 데는 몇 가지 이유가 있었다. 이미 서술
한 바와 같이 자식들의 교육 문제, 형이 미토의 조선 학교 교원이었
다는 것, 나 자신 더욱 열정적으로 골프를 하고 싶다는 것 등이
있었다.

나와 동세대인 재일 조선인 한국인 의사들은 일찍부터 도쿄를
비롯한 도시에서 클리닉을 개업하여 나름대로 제각기 병원 사업을
잘하고 있다. 그러나 나에게는 도시에서 개업할 만한 충분한 자금
이 없었다. 만약 도쿄에서 개업했더라면 작은 클리닉 밖에 가질

수 없었을 것이다. 그뿐만 아니라 큰 병원과 경쟁하여 적자로 문을 닫게 되었을지 모른다.

당시 이바라키현은 의료시설이 부족하여 수요가 있었으며 그럼 잘되지 않을까 생각하였다. 자식들의 교육 기회는 도시가 더 유리하겠지만 그것은 단념할 수밖에 없었다.

나에게는 당초에 구상이 있었다. 우선 시골에서 최저 10년은 참아 힘을 축적하면 기반을 구축할 수 있지 않겠는가. 벌써 쓰쿠바시와 이바라키현의 남부지역은 도시화가 시작되어 있었다. 그 사이에 여기 미노리초에서 기반을 내리고 반대로 시골에서 도쿄로 진출해 갈 전략이었다.

취미인 골프로 말한다면 이바라키현에 아주 좋은 골프장이 있다는 것은 알고 있었다. 여기에 주거지를 정하면 틀림없이 골프 실력도 올라갈 것이라 예상하고 있었다. 아닌 게 아니라 예상대로 9였던 핸디가 0까지 되었다.

모든 것을 혼자서 관리하는 것이 능률적

나는 지금까지 병원, 양호 시설, 보육원, 학교 등 많은 사업체를 운영해 왔다. 그 경영 방침은 맨 먼저 19병상의 진료소를 개업한 당시와 똑같다.

내가 혼자서 모든 결정권을 쥐는 형태다. 경영자는 일 내용을 잘 이해해야 한다. 그것이 당연하며 혼자서 전부를 정통하고 관리하는 것이 가장 효율적이며 낭비 없이 운영할 수 있는 방법이라고 믿고 있다.

나는 각 사업소 직원은 물론 청소 담당 아주머니에 이르기까지 모두 면접 때 만나서 알고 있다. 처음에는 이사장인 나의 경영 방침을 이해하는 데 시간이 많이 필요한 사람이 있다. 그러나 이는 한편으로는 무리가 있어도 훗날을 생각하면 경영자에게 제일 확실하고 간단한 방법이다.

경영 방침으로는 따로 똑똑한 중간 관리직을 두고 그에게 맡기는 방법도 있으나 나에게는 맞지 않는다. 비효율적이고 낭비가 많기 때문이다. 현장에 나가 내가 스스로 "이렇게 하면 될 것이다"라고 제안하고 있다.

현재 사업 전체에서 수백 명 직원을 고용하고 있지만 한 달에 한 번의 회의는 단 한 시간이며 그것으로 각 부서 책임자와의 의사소통을 유지하고 있다.

지금으로부터 35, 6년 전 온수를 만드는 기기(機器)인 에어컨디셔닝 기기 메이커인 조후(長府) 제작소(통칭 조후 보일러)의 주가가 일본의 최고치를 기록하였다고 기억한다. 10만 엔을 넘었을까.

조후 보일러의 경영자는 영업도 하고 현장 일도 한다고 한다. 모든 사원이 하는 듯이 경영자도 사원들이 하는 일을 전부 한다. 우리 사업체도 그렇다. "모두 겸임해서 하시오"라고 전하고 있다.

나는 직원들에게 "이렇게 해 주시오"라고는 하지만 "매상 목표는 이것입니다", "이만큼 입소자, 환자를 유치하세요"라는 부담, 압력을 넣은 적은 한 번도 없다. 부담은 나 자신에게만 부과하고 있다.

책임자인 입장에서는 경영자로서 사업 내용을 다 파악한 뒤에 지시만 내리는 형태로 하고 있다. 그에 따라 소신껏 일해 주면 좋겠다고 생각하기 때문이다.

내가 자기 자신에게 부담, 압력을 주고 자기 하고 싶은 일을 하는 만큼 항상 현장에서 모두의 선두에 서서 깃발을 흔들어야 한다. 직원들도 내가 생각하고 있는 것, 목표로 하고 있는 것을 잘 이해해 주고 있다.

2

절정기에 경영자가 해야 할 일

절정기야말로 방침 전환의 기회

무슨 장사나 사업에서도 시대의 요청이라는 것이 있으며 또 시대의 흐름에 맞는 사업을 하면 채산이 맞는다고 믿기에 창업하는 것이다. 그렇게 시작한 사업에는 언젠가 원숙기가 찾아온다.

그러나 달이 차면 기울어지듯이 영고성쇠는 세상의 이치다. 보통 사람들은 일단 차면 계속 차는 줄로 알지만 자연의 섭리에 따라 찬 것은 언젠가는 기울어지는 법이다. 가장 순조로울 때 앞을 내다볼 줄 아는 국가 지도자나 현장을 잘 아는 경영자이면 다음에 불황 파도가 다가오는 것을 알 수 있다.

경영자인 이상 누구나 그것을 간파해야 한다. 그리하여 절정기야말로 다음의 전략을 세워 방침을 바꾸어야 한다. 그러나 이것은 누구나가 할 수 있는 일이 아니다. 그럴 때일수록 내부 정리를 하는 것도 하나의 전략이다.

사업 규모를 작게 하고 자기가 가장 자신 있어 하는 것을 가지고 승부하면 된다. 4~5년은 문을 닫고 좋을 때가 다시 오면 열면 되는 일이다.

경제가 축소되는 이상 사업도 지금 그대로 유지할 필요는 없다. 경영이라는 것은 좋을 때는 펼치고 나쁠 때는 축소한다, 이것이 경영자의 자질이라고 생각한다. "시대의 물결에는 당하지 못한다. 할 수 없다"고 하는 것은 한갓 변명에 지나지 않는다.

일본의 씨름으로 말하면 도효(土俵, 씨름판) 복판에서 상대를 내리치면 좋겠지만 상대가 힘이 더 세면 자기가 좀 밀려 버린다. 그때는 아직 쓰키오토시(찔러 떨어뜨리기. 상대방의 내민 팔을 껴안듯이 하고 양손으로 상대의 몸을 비틀면서 옆에서 아래로 밀어서 쓰러뜨리다)를 비롯한 몇 가지 수를 걸 수 있지만 도쿠다와라(德俵. 씨름판의 동서남북의 각 중앙 네 곳에 가마니 하나의 너비만큼씩 밖으로 내어 묻은 가마니)까지 밀려 꼼짝 못 하게 되면 더는 웃차리(씨름판의 테두리까지 상대에게 밀려갔던 씨름꾼이 자기 몸을 뒤로 젖혀, 반대로 상대방을 씨름판 밖으로 내동댕이치다) 밖에 수가 없다. 그러나 웃차리에 성공하는 것은 그리 간단치 않다. 우수한 경영자는 상대를 능가하고 있을 때에 다음의 경영 방침을 생각하는 법이다.

실물 경제란 무엇인가

지금까지는 고도 경제 성장기도 있어서 사업이 잘되었으나 이제부터는 저출산으로 인구가 감소하며 게다가 신형 코로나바이러스

등 영향이 있기 때문에 경제는 축소될 것이다. 그러니 사업도 축소하는 편이 좋다는 것은 두말할 것 없다. 그런데 그렇게 말하는 경영자는 거의 없다.

일본의 국가 예산의 약 60%는 빚이다. 100만 엔으로 생활하면 60만 엔이 빚인 것이다. 파탄 상태인 것과 다름이 없다. 그러므로 이것이 언제까지나 계속될 리 없다. 정부는 어느 단계에 가서 디노미네이션을 실시할 것이다. 가령 100엔을 1엔으로 하는 것이다.

언제인가 어머니가 우체국 아니면 은행에 맡겨두었던 돈을 인출하지 못하게 되었다고 한 일이 기억난다. 100만 엔을 예금했다고 하면 "이달은 1만 엔밖에 인출하지 못합니다" 이렇게 된다. 그리고 어느새 디노미네이션이 되어 돈이 가치 없는 종이처럼 되어 버린다는 것이다.

이는 1946년 2월 제2차 세계대전 후의 인플레이션을 억제하기 위하여 실시된 예금 봉쇄다. 시데하라 기주로(幣原喜重郎) 내각에 의하여 긴급 칙령으로서 금융 긴급 조치령 및 일본 은행권 예금(預入)령이 제정 공포되고 신구화폐(新円) 교환이 실시되었다.

국가란 것은 살아남기 위하여 그런 짓을 한다. 국민의 재산을 수탈하는 것이다. 그렇게 하면 나라가 살고 일본 은행도 살아남는다. 손해 보는 사람도 생기나 나라가 남으면 또 일어설 수 있다.

사업을 하는 내 지인들은 지금 "금리가 낮다. 제로 금리다. 돈을 꾸면 이득을 보게 된다"고 하지만 나는 그렇게 생각하지 않는다. 반드시 인플레이션이 온다고 예상하기 때문이다. 그것도 보통 인플레가 아니라 하이퍼 인플레다.

나는 그것을 책에서 배우며 또 경험을 통해서도 알고 있다. 저명한 대학 학자나 연구자가 여러 말을 하고 있지만 그것들은 가상 학문에 불과하다. 실제로 수백 명을 고용하여 사업체를 운영해 보고 일하는 사람들의 마음을 이해한 다음에 사업체 내의 동향도 민감하게 감지하지 않으면 실물 경제에 대한 이해는 무리이다.

3

세상을 위하여,
남을 위하여 그리고 자신을 위하여 일하다

누구에게나 일할 기회를 주고 싶다

사람은 누구나 존재 이유가 있기 때문에 살고 있는 것이다. 직원 채용에 즈음하여 우리 사업 이념에 찬성하고 "일하고 싶다"고 한다면 나는 "좋습니다. 일해 보십시오" 하면서 채용하고 있다.

여하튼 일하는 기회를 안겨 주고 싶다. 우선 선입견 없이 고용한다. 그리하여 그 사람의 좋은 면, 장점을 살려 일해 줄 것을 바란다. 이것이 나의 기본적인 고용 방식이다.

나의 병원과 양호 시설에는 다른 사업체에서 거절당한 사람도 많으며 여기 사업소에서 일할 기회를 얻었다가 그 후 30년 이상이나 근무하고 있는 사람도 적지 않다.

나는 홋카이도대학 의학부 졸업 후 상경하여 도쿄여자의대, 도립 병원 등에 취직을 시도해 보았다. 그러나 몇 번이나 거절당하였다.

국적이나 출신을 이유 삼아 아무런 기회도 주지 않은 채 배척하는 것이다. 달리 말한다면 상갓집에서 쫓겨난 셈이다.

누구에게나 차별 없이 일할 기회를 준다는 나의 경영 방식은 나 자신의 이런 쓰라린 경험에서 나오고 있는지 모른다.

사업의 중요한 덕목인 "자기를 위하여" 일하다

일본의 우수한 경영자로서 교세라(京セラ) 창업자이며 현재 명예 회장인 이나모리 가즈오(稲盛和夫) 씨가 있다. 그의 어록 안에 〈이타(利他)의 마음〉이라는 말이 있다. 세상을 위하여, 남을 위하여 일하며 남의 행복을 원한다는 뜻이다.

나에게도 그런 마음이 없지 않아 있지만 "세상을 위하여, 남을 위하여"만으로는 철저히 해낼 수 없다. 사실 세상과 남을 위함은 장차 자기를 위한 것으로 되는 것이지만 자신의 입에 풀칠도 하지 못한 자가 어떻게 세상을 위해, 남을 위해 일할 수 있겠는가.

세상을 위하여, 남을 위하여 일하는 것이 자신의 행복이고, 돈을 벌어 사회에 공헌하는 것이 보람이라고 한다면 그것은 그것대로 좋은 일이다. 단, 남에게 봉사하는 것만으로는, 사람은 좀처럼 분발할 수 없다고 본다. 반드시 '나를 위하여'가 있어야 일할 수 있는 것이 아닐까.

'나를 위하여'는 정치적이든 종교적이든 상관없다. 돈벌이라도 봉사라도 좋다. 어떤 직종이나 마찬가지다. 거기에서 자신의 삶의 보람과 이익, 일의 가치를 찾게 되면 사람에게는 힘이 생긴다.

사업을 성공시켜 내 사업장에서 일하고 있는 가족을 잘 먹이고 싶다, 그리고 최종적으로는 학교를 만들고 싶다, 이것이 나의 소원이었다.

나는 늘 수백 명 직원의 선두에 서서 1년 1년이 승부라고 생각하고 일하고 있다. 자신이 좋아서 하는 일이니 고통스러운 것도 없고 일이 싫어지지 않는다.

가수 가야마 유조(加山雄三)가 "좋아하는 일을 하고 있으면 원기를 유지할 수 있다"고 말하고 있는데 나는 그에 보태어 "꼭 하고 싶은 일을 하면 힘들어도 버틸 수 있다"고 말하고 싶다.

사람은 하고 싶은 일을 죽을 때까지 할 뿐이다. 하늘이 도와주고 행운이 따라주면 잘되지만 그렇지 않으면 잘 안 된다. 사업이란 그런 것이 아닐까. 승산이 있다 해서 하는 것이 아니다. 하고 싶으니 하고 있는 것이다.

❦ 4 ❧

모든 사업에는 시작이 있으며 끝이 있다

청운의 뜻과 장사재능, 마쓰마에 시게요시의 경우

젊을 때는 누구나 청운의 뜻을 가지기 마련이다. 그러나 이상이 있어도 그것을 사회에 나가서 실현할 수 있는 사람은 극히 소수다. 이상이 있어 그것을 실현시킨 경우로서 내가 아는 가장 대표적인 인물은 도카이(東海)대학 창립자 마쓰마에 시게요시(松前重義, 1901~91)다.

동 대학 홈페이지 등을 참고로 하면 그는 도호쿠(東北) 제국대학(현 도호쿠대학) 공학부를 나와 체신성(현 총무성)에 입성, 새로운 통신 기술 개발에 종사하였다. 그런 가운데 피폐한 나라를 교육과 해저 케이블 기술(전신 기술)에 의하여 부흥시킨 근대 덴마크의 예를 알고 "건국의 기본은 교육과 과학에 있다. 과학 교육을 기반으로 하여 평화 국가 일본을 세우자"고 마음을 다진다. 그리하여 도카이 대학 모체인 보세이 가쿠주쿠(望星学塾)를 만들었다.

이윽고 제2차 세계대전이 일어나자 보세이 가쿠주쿠의 활동은 중단되었다. 그는 이등병으로 소집되어 전쟁터에 보내졌으나 구사일생으로 살아남아 돌아왔다.

패전 후 곧 통신원 총재에 취임, 폐허가 된 일본의 통신 사업의 부흥과 발전에 힘쓰는 한편 1943년에 개설된 항공 과학 전문학교를 전신으로 하는 도카이대학(1946년 구제 도카이대학, 1950년 신제 도카이대학으로)을 창립한다. "사상을 배양하는 교육, 문과계와 이과계의 상호 이해를 목적으로 하는 교육"을 실천해 나간다.

1988년 창립 45주년을 기념하여 미호노 마쓰바라[美保の松原. 시즈오카(静岡)시 시미즈(清水)구]에 건립된 〈도카이대학건학기념비〉가 현재 도카이대학 시미즈 캠퍼스에 옮겨져 있다.

비문에 "창설자의 교훈인 〈젊은 날에〉의 4개조"라는 문구가 새겨져 있다. 이는 마쓰마에가 제창한 건학 정신이다.

젊은 날에 너의 사상을 배양하라
젊은 날에 너의 체구를 키우라
젊은 날에 너의 지능을 연마하라
젊은 날에 너의 희망을 별에다 이어라

도카이대학은 이 건학 기념비 건립의 유래에 대하여 다음과 같이 설명하고 있다. "이 〈젊은 날에〉 4개조를 아로새김으로써 후대 청년 제군의 이정표가 되고자 이 땅에 건립된 것이다".

내 마음에 가장 든 것은 제1행이다.

"재일 조선인 한국인"에 대한 차별이 극심하였을 때 일부 기독교
계 대학과 더불어 도카이대학과 나가사키(長崎) 조선(造船)대학(현
나가사키 종합 과학 대학)만은 조선 학교 학생들을 받아들여 주었다.

흔히 이상을 가진 사람은 대부분 사업 재능 즉 장사해서 성공할
장사 재능이 부족하다. 반대로 장사에서 성공하는 사람을 보면 사
회에 공헌하겠다는 뜻을 가지지 않는 자가 많다. 그것이 장사에
유리한 것 같다. 그렇지만 아무리 돈을 벌어도 사회적으로 그 재산
을 의미 있게 쓰지 못한다. 나이를 먹으면 자신이 모은 재산을 의미
있는 곳에 기부하고 사회에 공헌하는 데 쓰려고 하는 생각을 가지기
가 어렵다.

젊을 때 청운의 뜻을 품고 사회에 나가 사업에 성공하여 재력을
축적함으로써 비로소 국가에 이바지할 수 있는 것이 아닐까.

이익만을 추구하면 마지막이 행복하지 못하다

재일 동포 선배들 중에는 파친코업으로 성공한 사람이 많다. 그
러나 그것은 의로운 돈이 아니며 고생 없이 번 돈이다. 그렇게 번
돈을 다른 사업으로 전환한 자도 있지만 이는 누구나가 할 수 있는
일이 아니다.

파친코 같은 사업으로 번 돈은 쉽게 번 돈이니 돈의 소중함을
모르고 쉽게 써 버린다. 부모가 아무리 벌이를 해도 결국 의로운
사업으로 번 돈이 아니기 때문에 자식들은 그것을 보고 제대로 자라

나지 않는다. 이어지는 자손 세대가 그렇게 잘되지 않는 것을 몇 번이나 보았다.

얼핏 사업 센스가 있어 보이는 사람으로 돈벌이는 잘되었으나 삶의 마지막이 좋지 못했다는 사람을 나는 많이 보아 왔다. 50대 중엽이 되어 나는 그렇게는 살면 안 된다고 느꼈다. 장사로 돈을 벌고 어느 정도 먹을 수 있게 되면 도중에서 사업의 방향을 바꾸어 사회에 공헌하는 방향으로 생각을 하지 않으면 인생의 좋은 끝을 보지 못할 것이다, 그렇게 생각했다.

무슨 업종에 있어서도 운 좋게 시대의 흐름을 잘 이용하면 일시적으로는 성공한다. 그러나 반드시 사업이 잘되는 시대가 계속되지 않는다. 어느 땐가 시대의 변화와 함께 계속 경기가 상승 곡선만을 가는 것이 아니라 하강곡선이 온다는 것을 역사가 가르쳐 준다. 언제까지나 같은 일만 하고 있다가는 반드시 실패하여 후회하게 될 것이다.

나뿐만 아니라 큰 회사의 경영자들이 이익만을 추구하여 사업에 매진하다가는 마지막에 틀림없이 뜻하지 않는 불행이 찾아올 것이다. 이렇게 하여 실패하고 큰 봉변을 맞는 것이다.

이와나미 서점 창업자에게 배우다

이와나미 서점 창업자 이와나미 시게오(岩波茂雄, 1881~1946)는 대단한 인물이다. 일본 출판업계에 크나큰 영향을 주며 사업에서 성공해 많은 사회적 공헌을 한 사람으로 나는 늘 이분을 생각하며 존경하고 있다.

그는 나가노(長野)현 나카스무라[中洲村. 현 스와(諏訪)시 나카스]의 한 농가에서 태어났다. 고향의 스와중학을 졸업하고 구제 1고를 거쳐 도쿄대학에 진학했으며 그 후 1913년에 도쿄 간다(神田)에서 이와나미 서점을 개업, 사업에 성공하고 1945년에는 귀족원 고액 납세자 의원으로까지 되었다.

그는 좋은 일을 함으로써 사회에 이바지한 것이다. 친족에게 계승된 서점은 오늘도 계속 질 좋은 출판문화 사업을 전개하고 있다. 단지 이익만을 추구하는 사업을 하고 있었더라면 이와나미 시게오란 이름은 후세에 남지 않았을 것이다.

사업의 마지막은 사회 공헌

모든 사업에는 시작이 있으면 끝이 있다고 나는 생각한다. 사업이란 것은 시대가 요청하는 것을 하면 돈을 벌 수 있다. 그러나 20년, 30년이 지나 시대가 달라지면 시대의 흐름에 맞지 않는 사업은 도태된다. 그런 사업은 접고 세상이 필요로 하는 사업으로 바꾸는 것이 좋겠다.

나에게는 가족 형제를 부양하고 부모를 돌본다는 사정이 있었다. 또한 이바라키현은 의사 부족으로 꼭 수요가 있다고 예상하여 진료소를 개설한 것이 내 사업의 시작이라는 데 대해서는 앞에서 서술한 바다.

점차 사업이 잘되어 가 사업체가 커짐에 따라 병원이 확충되고,

많은 양호 시설과 보육원 경영도 가능해졌다.

나에게 있어서는 자식들이 잘 자라 제 몫을 다하며 부모 병시중을 들며 형제들도 잘살게 하며 많은 직원들과 함께 일할 수 있으면 그것으로 사업의 역할을 다했다고 본다. 이익을 추구하여 어느 정도 자기 희망을 실현하게 되면 사업 목표의 대부분은 달성한 것으로 된다. 더 이상 무리하게 사업을 확장하여 돈을 벌 생각은 아예 없다. 반대로 사업의 확대는 좋지 못하다고 생각한다.

나의 삶의 마지막은 이익이 되지 않아도 좋으니 세상 사람들을 위한 일, 사회에 공헌하는 일로 방향 전환하는 것이 좋겠다. 내가 여태껏 해 온 사업은 그나마 존경받을 만한 일이었고 충분히 사회 공헌을 하고 있다고 자부한다. 그러나 나에게는 아직 다하지 못한 일이 많이 남아 있으며 더더욱 사회에 공헌할 수 있는 일을 하고 싶었다. 그래서 착수한 것이 교육 사업이다.

이미 서술한 바와 같이 원래 나는 재일 동포의 삶과 교육에 대해 위기감을 안고 있었다. 해외에 사는 동포는 차세대에게 민족의 말과 문화를 가르쳐 주지 않으면 정체성을 상실한다. 교육 사업을 통하여 다음 세대가 나의 이 이념을 계승해 가야 한다. 따라서 나는 재일 1세의 원한을 안고 학교를 만든 것이다.

학교는 수익사업이 아니기에 돈을 벌 수 없다. 그러나 남에게 봉사하고 사회에 이바지하는 것은 인간으로서 더없는 선행일 것이다. 나의 마지막 삶은 사회에 공헌하고 많은 사람들에게 희망과 용기를 주어 감사하며 살아가는 모습을 보고 싶다. 이렇게 함으로써 인생의 마지막을 장식하면 나의 삶은 의미 있고 보람된 삶이 아닐까?

　나는 좋은 부모를 모셨고 건강하게 자라 대학 교육까지 받았다. 덕택으로 남보다 몇 배나 더 노력하여 어려운 환경 속에서도 역경을 극복하고 나와 맺은 인연들이 나에게 이롭게 작용하여 여기까지 올 수 있었으나 이는 흔히 있는 일이 아니다. 그렇기에 내가 인생에서 얻은 것을 전부 사회에 환원하여 인생의 마지막을 장식하려고 한다.

제9장

무엇이 서러워서 일본 사람이 되나, 극일사상으로 발전하자

해외를 생활거점으로 하는 한국인
(해외에 정착한 한국인)

미국에 건너간 한국인

해외에 이주한 한국인은, 남북한을 합친 인구의 약 10%인 700만 명 이상이라고 알려져 있다. 미국, 유럽, 러시아, 중국, 일본 등 세계 각국으로 흩어져 있으며, 그중의 다수는 국내에서 형편이 변변치 않아 살길을 찾기 위해 한반도를 떠났다.

그러나 그중에서도 미국으로 건너간 사람들은 비교적 생활의 여유가 있었던 엘리트들이며, 그들은 더 나은 삶을 위해 건너간 것이 대부분이다.

한국에서의 삶에 그다지 희망을 갖지 않아 나라를 버리고 미국 시민권을 취득한 것이다. 시민권을 취득하면 미국인이 된다. 그중에는 한국이나 북한에서 여러 활동을 하는 사람도 있는데, 특히 북한을 위해 활동하다가 탄압을 받으면, 미국 시민권자로 미국 정부의 보호를 받을 수 있다는 이유로 이중국적을 유지하고 있다.

미국에는 한국인 의사가 2만 명 이상 있다. 그렇게 많은 사람들 가운데서도 조국이나 민족을 위해 일하는 이들은 없어 보인다.

외국에서 인정받는 성공한 한국인들

의외로 중국에서나 러시아에서도 부를 축적한 한국인은 많다. 일본에서도 재일교포 선배들 중에서 사업에 성공한 이들이 많다. 일본 정부는 조선이 식민지였던 시절부터 재일교포가 사업으로 성공해서 돈을 버는 것에 반대하지 않았다.

능력이 출중해 사업에 성공하는 사람들은, 거주하는 나라에 귀화해서 그 나라 국민으로 인정받았다. 중국에서는 중국인으로, 러시아에서는 러시아인으로, 일본에서는 일본인이 되게 하였다. 사업에서 이익을 창출할 때는, 경제 활성화에 도움이 되기 때문에, 자국에도 득이 되기 때문일 것이다.

지금 일본 정부도, 재일교포 중에 최고로 성공한 사업가들을 일본인으로서 받아들이고 있다. 성공을 위해 그렇게 노력하는 모습은, 일본인 중에서도 찾기 힘들 것이다.

재일한국인의 존재감을 드러내기 위해, 일본인으로서는 도전하기 힘든 사업들을 하고 있다, 대학에 많은 기부를 한 사람도 있다. 그들은 일본 경제에 많은 도움이 되기 때문에, 일본에서도 굉장한 신뢰를 받고 있다.

그러나 나는 이러한 상황에 굉장히 마음이 아프다. 재능이나 지

식이 조국에 돌아가는 것이 아니라, 대부분이 거주하는 나라의 자
산이 되어버리기 때문이다.

❧ 2 ❧

재일교포의 유형

올드 커머(Old Comer)와 뉴 커머(New Comer)

재일교포는 올드 커머와 뉴 커머로 나뉜다. 식민지 시절에 살길
을 찾기 위해 일본에 건너온 내 부모님, 그리고 가족을 올드 커머라
고 한다. 일본으로 건너온 올드 커머는 조선이 독립하기 직전에는
200만 명 이상이었다고 한다.

한편, 1965년 한일 국교 정상화 이후에 일본에 건너온 사람들,
그리고 1980년 이후에 한국에서 일본으로 건너온 사람들을 일반적
으로 뉴 커머라고 한다.

뉴 커머는 어느 정도 교육을 받은 사람들이며, 일본에서 성공의
기회를 잡으러 건너오는 사람이 많다. 일본에서 차별을 받으며 소
외받은 올드 커머와는 사고방식이 완전히 다른 듯하다. 그리고 재
일교포 1세인 우리 부모님처럼 민족의식이 강하고, 일본어도 유창
하지 않다.

올드 커머는 언제나 일본인과의 공존을 생각하며 지역에 뿌리내리며 살아가고 있다. 그러나 많은 뉴 커머는 언젠가 한국으로 돌아갈 것이라는 생각이 있기 때문에, 한국의 상황에 관심이 많으며, 한국과의 교류를 멈추지 않는다.

그러나 많은 뉴 커머 또한 우리 올드 커머와 같은 고민을 가지고 있다. 일본에서 커가는 아이를 어떻게 키울 것이며, 자신의 정체성이나 모국어를 어떻게 가르치며, 부모가 일본에서 고생한 과정, 자신의 나라를 어떻게 이해시킬 것인지 고민하는 것이다. 결국 올드 커머가 가지고 있던 고민이 근본적으로 해결되지 않아서 뉴 커머 또한 같은 고민을 하는 것이다.

나는 재일교포 아이들에게 '우리나라는 긴 역사를 가지고 있으며, 세계에 자랑할 수 있는 언어와 문화를 가지고 있다. 절대로 일본에 뒤떨어지는 나라가 아니니, 자신이 한국인이라는 것에 자부심을 가지고 살았으면 한다'고 전하고 싶다.

그래서 청구학원이라는 학교를 설립했다. 나의 학교는 올드 커머, 뉴 커머의 아이들이 다니고 있다. 자식의 정체성 교육을 바라는 부모들은, 학교에 기대가 크다.

특별영주권자와 영주권자

영주권을 가진 재일교포는 '특별영주권자'라고 불리는 이들이 올드 커머이며, '영주권자'가 뉴 커머이다.

'특별영주권자'는 1991년에 시행된 '일본과의 평화조약에 근거한 일본의 국적을 이탈한 자들의 출입국관리에 관한 특례법(입국관리 특례법)'으로 정해진 재류자격을 가진 자들이다.

식민지 시절 일본 국민으로 살아온 재일조선인, 대만인이 1945년 독립 후 일본 국적을 이탈한 사람들과 그 자손들에게 일본에 영주를 허가한 것이 '특별영주권'이다. 일본인과 거의 같은 권리를 가지며, 일본에 거주하는 외국인들 사이에서도 특별한 위치에 있다.

한편, '영주권자'는 10년 이상 일본에 거주한 외국인이며, 다음 3가지 조건을 채운 후에 영주권을 신청하며, 법무대신으로부터 허가를 받은 사람들이다.

1. 행동이 바를 것.
2. 독립하여 생계를 이어가는 데에 필요한 자산 또는 기술을 가지고 있을 것.
3. 일본에 영주하는 것으로 일본의 이익에 도움이 될 것.

영주권자는 특별영주권자를 매우 부러워한다. 영주권자는 한국에서 병역의 의무를 수행해야 하며, 만일 큰 죄를 지으면 한국으로 추방되기 때문이다. 특별영주권자는 추방되어도 갈 곳이 없다고 판단되어, 한국이나 북한으로 추방은 되지 않는다.

간단해진 일본으로의 귀화

얼마 전까지는 나이가 많은 사람은 일본으로 귀화하는 것이 쉽지 않았다. 젊은 사람들은 비교적 빨리 일본어를 습득하나, 나이가 많은 사람은 일본인처럼 말하는 수준에 이르기 힘들어, 귀화가 쉽지 않았다.

그러나 지금은 귀화가 비교적 간단해졌다고 한다. 일본이 고령화로 인구가 줄어들어, 외국인의 귀화로 인구를 늘리려는 것이다. 일본의 문화를 이해하며 법을 준수하는 사람이라면, 본명을 그대로 유지하던, 일본인의 이름으로 바꾸던 상관없이 간단히 귀화를 할 수 있다.

재일 한국인은 일본인과 문화가 비슷하기 때문에, 일본으로의 귀화가 가장 쉽다고 알려져 있다.

재일교포의 세 가지 유형

재일교포 1세는 조국을 떠나 일본으로 귀화하지 않은 채로 죽은 사람이 대부분이다. 그러나 재일교포 2, 3세대는 1세대와는 다르다. 재일교포는 세 가지 유형으로 나눠진다.

첫 번째는 1세대와 같이 일본으로 귀화를 하지 않는 유형이다. 이 중에는 본명을 쓰며 살아가는 유형과, 식민지 시절 조부모 세대가 써왔던 일본 이름을 사용하는 유형으로 나눠진다.

두 번째는 본명을 버리고 일본 이름으로 귀화하는 유형이다. 이 유형에는 특별영주자인 올드 커머, 한일 국교 정상화 이후 일본으로 건너온 뉴 커머도 있다.

이 유형의 재일교포는 자신의 출신과 정체성을 숨기며, 자식을 일본인으로서 키우기 때문에, 인권 문제나 인간에 존엄에 대해서 목소리를 내기 힘들 것이다. 귀화를 하면 일본에서의 생활이 편해질 수는 있으나, 인간으로서 가장 중요한 존엄성을 잃어버리는 가능성이 있다.

세 번째는 본명을 유지하며 귀화하는 유형이다. 자신과 자신의 부모의 정체성을 잃고 싶지 않다는 의지가 있는 유형이다. 그러나 이 유형의 사람들이 일본에 오래 살게 되면, 자신의 조국인 한국이나 북한과의 연결고리가 약해지기 때문에 나라를 버리는 경향이 많다.

중국 조선족

일본에는 이상철이라고 하는 중국 조선족 출신으로 류고쿠대학의 교수를 하고 있는 저명한 한반도 문제 연구자가 있다. 부모는 한반도 출신으로 해방 전에 중국으로 건너갔기 때문에, 그는 중국 동북지방의 흑룡강성에서 태어났다.

그는 중국의 대학을 졸업하여 신문기자가 되었고, 일본에 유학하여 박사학위를 받았다. 그는 한반도에 관심이 많으며, 중국어는 물론 한국어도 일본어도 유창히 구사한다. 일본에서 일을 하기 위해서는 일본 국적을 취득하는 것이 기회가 많아지기 때문에, 일본으로 귀화하였다. 그는 지금까지 국적상으로는 한국인이었던 적이 없었다.

중국 정부는 중국 내에서 조선족이 단합하는 일을 막기 위해,

여기저기로 분산시키는 정책을 펼쳤다. 그래서 중국의 조선족은 기댈 곳이 없다. 한국에서도 조선족이 몇십 만 명이나 살고 있으나, 그들은 중국 국적으로 차별을 받으며 힘든 상황에 놓여있다고 들었다. 한국은 차별이 심한 사회이다.

❦ 3 ❧

무엇이 서러워서 일본인이 되나

한국인인 것이 자랑스러움을 교육받으며 자라온 어린 시절

조선은 왕실이 부패하고 국력이 쇠퇴하면서 35년간 일본의 식민지가 되었다. 그러나 한국인은 이웃 나라인 중국으로부터 셀 수 없을 만큼 많이 받아온 침략과 간섭, 그리고 일본으로부터의 강제 지배에도 굴하지 않고 언어와 문화를 지켜온, 오랜 역사를 지닌 자랑스러운 민족이다. 부모님은 언제나 내가 한국인임을 자랑스럽게 생각하도록 교육하셨다.

나는 대학에 입학할 때부터 차별이 심한 일본에서 나의 출신을 숨기지 않고 당당하게 살기 위해서는, 언어를 비롯하여 강한 민족의식과 일본인에게 지지 않은 기술을 가져야 한다고 가슴에 새기며 살아왔다. 어느 하나라도 빠진다면 일본에서 살아가기 힘들다. 그러나 그것만으로는 일본에서 살아갈 수 없다는 것도 항상 의식해왔다.

재일교포 중에는 변호사나 의사가 된 사람들이 많다. 그러나 민족의식이 강하지 않았기 때문에, 결국 많은 사람들이 일본인이 되었다.

나는 나의 정체성을 숨기지 않고 살아왔다. 그것은 그것대로 힘든 점이 있었지만, 나의 강한 의지로 일본인들이 나는 이런 사람이라는 것을 이해해 주게 되었다.

자신의 정체성에 대해 말하지 않고, 언제나 어딘가 숨기는 듯한 사람은 일본인들이 신뢰하지 않는다.

나는 어머니를 닮아 생각하는 것은 마음에 담아두지 않고 말하는 성격이다. 그것에 불만이 있어도 어쩔 수 없다. 다른 사람에게 해가 되는 일은 하지 않으며, 선한 일을 하자는 생각을 하며 지금까지 살아왔다.

닭 머리가 될망정 소꼬리는 되지 마라

일본 사회는 오지야(죽) 문화가 있다. 밥에 육수와 재료를 넣고 질벅해질 때까지 끓이는 요리이다. 즉, 가지고 있는 재료를 모두 넣어 자신만의 요리로 만드는 문화이다. 넣는 재료는 각각의 정체성을 잃고 하나의 죽이 되어 버리는 것이다.

즉, 식민지 시절 한반도에서 온 사람들이 일본인이 된 것도 오지야와 비슷한 점이 있다. 일본이 조선인들을 모두 일본인으로 만들기 위해 조선인을 교육시켜 일본에 도움이 되게 만들었다. 그러기 위해 학교를 세우고, 일본식의 교육을 실시했다. 조선인을 제2의 일본인으로 만들려는 생각이었다.

그러나 나는 제2의 일본인으로 살아가고 싶지 않았다. '닭 머리가 될망정 소꼬리는 되지 마라'라는 말이 있다. 나는 부모님으로부터 교육을 받는 기회를 받았고, 나를 도와주는 사람들도 많았으며, 어느 정도 능력도 있기 때문에 제2의 일본인이 되고 싶지 않았다. 그래서 귀화하여 일본인이 될 생각은 털끝만큼도 없었다.

10년 전쯤 일본의 어느 국회의원이 내가 운영하는 요양시설의 준공식에서 나에게 "김 선생님은 일본 국적을 취득했지요?"라고 물었다.

나는 어떻게 대답을 해야 할지 당황스러워졌다. 그리고 잠시 뒤 이렇게 대답했다.

"일본 국적을 가지고 있지 않습니다. 제가 일본 국적을 가지고 있으면 이렇게까지 열심히 일하는 열정을 가지고 있지 않을 겁니다."

그 국회의원은 그 뒤로 아무 말도 하지 않았다. 그가 지금까지 만나왔던 재일한국인과는 다르다고 생각했을 것이다.

출신을 숨기지 말고 살아가자

최근에는 일본으로 귀화하여 일본 이름으로 살아가는 재일한국인 2세, 3세가 많이 늘어나고 있다. 이전에 설명한 두 번째 재일교포 유형으로, 일본인들 사이에서 일본인으로서 살아가고 있는 것이다.

6.25전쟁으로 한반도는 분단된 지 70년이 지났는데, 아직도 한

반도 정세는 어수선하기 때문에, 한국 국적을 가지는 것보다 일본 국적을 가지는 것이 낫다고 생각하는 것이다.

젊은 한국인 부부가 일본에 자리를 잡고 생활하여 10년이 지나고 영주권을 받자마자 일본에 귀화하겠다고 한국에 있는 부모님을 설득한다는 얘기를 가끔 듣는다. 굉장히 씁쓸한 일이다.

한국은 수 천 년의 역사를 가지고, 세계에 자랑할 수 있는 언어와 문화를 가지고 있는 나라인데, '무엇이 서러워서 일본인이 되느냐'라고 어머니가 습관처럼 말하셨다.

한글에는 한민족의 사상과 철학이 담겨져 있다. 해외에 있는 한국인들은 한글을 소중히 생각하며, 자신이 한국인인 것을 자랑스러워하며 살아가기를 바란다.

미국인, 영국인, 프랑스인, 독일인 등등, 일본에 정착하여 귀화하는 사람은 적지 않다. 그들은 다양한 분야에서 활약하고 있으며, 모두가 자신의 뿌리를 숨기지 않고 살아가고 있다.

일본인 중에서도, 미국에서 시민권을 취득해 활약하는 사람은 많다. 일본계 미국인은 3세, 4세가 되어도 자신의 뿌리를 당당히 밝히고 있다. 그러나 일본에 귀화한 한국인은 자신의 뿌리를 밝히지 않고 살아간다. 자신의 정체성을 잃고 살아가는 것이다.

이제는 재일교포 3세, 4세의 시대가 된다. 재일교포 1세, 2세와는 다른 가치관을 가지고 살아가며, 일본 국적을 취득하여 살아가는 사람이 많아질 것이다. 그러나 일본으로 귀화하더라도, 자신의 본명을 쓰며, 자신의 뿌리를 밝히며 자부심을 가지고 사는 것이 인간다운 삶이 아닐까. 자신의 뿌리와 부모를 자랑스럽게 생각하지 않고 사회에서 성공하는 사람을 본 적이 없다.

부모로부터 받은 이름으로서 살아가는 재일교포가 늘면, 일본에
서의 차별도 줄어들 것이다. 일본 이름을 쓰기 때문에, 차라리 차별
을 받게 되는 것이 아닐까.

4

각계에서 일본에 공헌하는 재일교포

역도산

연예, 스포츠, 경제, 정계 등 다양한 분야에서 활약하며 일본 사회에 공헌하며 사는 재일교포가 많다. '총리의 이름은 몰라도, 역도산의 이름을 모르는 사람은 없다'라고 알려진 프로레슬러 역도산은, 일제강점기인 1924년 북한의 함경남도 홍원군 신풍리에서 태어났다. 본명은 김신락.

그는 일본에 건너와 나가사키에서 일을 하다가, 도쿄로 와서 스모계에 입문했다. 역도산은 1940년 처음으로 프로 무대에 데뷔하여 스모선수로서 승승장구하였으나, 1950년 갑작스럽게 은퇴하게 된다. 주변 사람에게 '조선 사람은 요코즈나(최고의 스모선수)가 될 수 없다'라는 말을 들었다고 한다, 그리고 나가사키현의 '모모타미'가의 양자가 되어, 모모타미 미쓰히로라는 이름으로 살아가게 된다.

아사히신문 2010년 4월 8일

역도산(力道山, 1924~63). 역도는 Weight Lifting을 의미하는 한국말이고, 산(山)은 일본 씨름꾼(相撲取, 力士) 이름에 흔히 쓴다. 예로는 해방 전에 일본 씨름꾼으로 백두산(白頭山)도 있었다.

함경남도 홍원군 출신으로 십 대 후반부터 시골 씨름에서 우승하여 천하장사가 되었고, 1940년 일본 씨름에 입문하여 해방 후 1949년에는 세키와케(関脇)라는 아주 높은 상위 위치까지 올라가 우승 결정 선도 경험하였으나 1950년에 갑작스럽게 씨름을 그만둔다. 은퇴한 이유는 조선인 차별이란 소문이 있다. 즉시 프로레슬링에 전념하여 프로레슬링의 본거지 미국의 기술과 스포츠 쇼 비즈니스(sports show business)를 배우기 위하여 도미한다. 도미가 어려운 시기에 갈 수 있었던 것은 일본 정계와 뒷사회의 도움이 있었다는 설도 있다.

1951년에 일본에 돌아와 프로레슬링을 공개하여 일본 국민에게 보인다. 처음에는 일본인 유도가나 씨름꾼을 상대했지만 이후 미국인들과 시합했다. 당시 일본은 미국의 패전 국이었기 때문에 사람들은 역도산이 자기보다 훨씬 큰 미국 프로레슬러를 이기는 것을 보고 가슴 속이 후련해졌지만, 그것을 해주는 장본인은 실은 조선인이었다. 역도산은 한국 사람이라는 소문이 있었지만 본인은 절대로 고백하지 않았다.

역도산 본명은 김신락(金信樂). 십 대 후반기에 도일하기 전 고향에서 결혼하여 자식까지 낳았다. 따님을 북한 체육 관계 높은 위치에 올리고, 북한은 한때 일본과의 관계를 유리하게 하려고 한 시기도 있었다.

1963년에 폭력배와 싸워서 칼에 찔려 죽는다. 역도산이 그리워 밀항해서 일본에 온 레슬러가 김일(金一, 大木金太郎, 1929~2006)이다.

당시 일본 사회에서 TV 보급과 더불어 역도산은 '영웅'이 된다. 지금까지도 일본 패전 후 제일의 영웅은 역도산이란 설도 있다.

1951년 그는 프로레슬러 선수로 전향하게 된다. 미국으로 건너가 훈련을 받고, 1953년 일본으로 돌아와 일본 프로레슬링을 만들게 된다.

그는 일본의 프로레슬러 창시자이며, 일본 프로레슬러 업계의 기초를 닦았다. 그의 시합은 종종 TV에 중계되며, 초창기 TV의 보급에도 영향을 끼쳤다.

그의 제자로는 후에 프로레슬러 업계의 스타인 자이언트 바바, 안토니오 이노키가 있다.

그가 살아있는 동안에는 조선인이라는 것이 거의 알려지지 않았다. 재일조선인인 것을 밝히고 싶지 않은 그의 의지였다. 출신을 알리고 싶지 않다고 종종 눈물을 흘렸다고 한다. 어릴 적 받은 상처는 지워지지 않았던 모양이다.

오야마 마스타쓰

극진공수도의 창시자인 오야마 마스타쓰는 1923년 전라북도 김제시에서 태어났다. 본명은 최영의. 1948년 대한민국 정부가 수립되어 한국 국적을 가졌으나, 후에 일본으로 귀화했다.

일본 이름의 '마스타쓰'는 그의 아명으로, '배달'은 단군신화 속에서 한국을 뜻하는 말이다. 한국인이라는 자부심으로 지은 이름일 것이다.

국제공수도연맹 극진회관의 홈페이지에 의하면 그는 어릴 적부터 권법을 배우고 14살 때 야마나시 소년 항공학교에 입학했다.

『오야마 마스타쓰 정식 전기(大山倍
達正伝)』, 신초사(新潮社), 2006년.

방학기 작. 만화 〈바람의 파이터〉에서

오야마 마스타쓰(大山倍達). 본명은 최영의(崔永宜, 1923~94)로 전라북도 김제 출신이다. 해방 후
일본에서 공수(空手) 고수(高手)의 일인자로 극진회 도장을 만들어 공수를 세계에 보급하였다. 그
후 각 나라에 극진회 도장을 창설하였고, 1994년에 세상을 떠난 후 극진회는 분열되었으나 지금도
일본에서는 전설적인 인물로 영웅적인 사람이다. 한국에서는 만화 〈바람의 파이터〉(방학기 작)로 알려
지고 있다.

15살 때 일본에 처음으로 공수를 소개한 후나코시 기친(船越義珍)의
제자가 되었다. 1943년에 일본 항공군에 입대. 그 후 다쿠쇼쿠대학
과 와세다대학에서 공부와 수련을 계속하여, 1947년에는 전후 처음
으로 개최된 일본 공수도 대회에서 우승하였다.

그다음 해에 지바현에서 1년 8개월 동안 산속에서 수련을 한 후

에, 47마리의 투우를 쓰러뜨렸다는 에피소드가 있다.

그 후, 미국을 시작으로 세계 각국에 공수가 널리 알려지며, 1964
년 국제공수도연맹 진극회를 설립했다. 전 세계에 극진공수도의
붐이 일어나며, 세계 120개국에 도장을 만들었고, 평생을 극진공수
를 위해 바치며 살았다.

강외수

교토시에 본부를 둔 지정폭력단 '아이즈코테쓰카이(会津小鉄会)'
의 4대 회장 강외수(姜外秀). 일본 이름은 다카야마 노보쿠타로.

아이즈코테쓰카이는 도쿠가와 막부시대에 고우사카 센키치에
의해 결성되어, 7대째에 해당하는 2017년에 고베 야마구치파에 속
하는 조직으로 분열되었다.

강외수는 1997년 아이즈코테쓰카이를 은퇴하였고, 야쿠자 업계
에 종사하면서 젊은 시절부터 동포사회에 기여하며 살아왔다. 민단
시가현(滋賀県) 지부의 고문, 시가 한상회의 상임고문, 민단 중앙본
부의 중앙위원을 역임하고, 민단시가현본부 회관의 설립과 서울
올림픽 모금 활동에도 기여하였다. 1990년 재단법인 강외수 한일교
류장학회를 설립하여, 재일 동포 인재 육성에도 힘썼다.

이러한 업적을 인정받아 1989년 대한민국 체육부 장관 표창,
1990년에는 대한민국 대통령 표창, 2003년에는 대한민국 국민훈장
동백장을 수여받았다.

나는 그를 만난 적은 없으나, 사위가 재일한국인으로 의사로 활

약하고 있기 때문에, 재일의사 모임에서 수차례 만난 적이 있다.

사스마야키의 심수관

도예가인 심수관은, 가고시마현의 한 곳에서 마을을 이루어 사즈마야키(가고시마에서 생산되는 도자기)를 만들어온 명장으로, 대대로 '심수관'을 이어받아 뛰어난 도예가를 배출하고, 현재 15대째 심수관을 이어받고 있다. 15대 심수관의 본명은 오사코.

심수관이 살았던 나와시와가와 마을은 도요토미 히데요시의 두 번째 조선 출병시, 사스마의 무장 시마즈 요시히로에 의해 노예로 일본에 끌려온 조선의 기술자 중 일부가 에도시대 사스마번에 의해 모아진 마을이다.

그곳에서는 조선의 언어와 문화를 지키며 살아왔다고 한다. 심수관의 홈페이지에는 다음과 같이 적혀있다.

에도시대, 사스마번주였던 시마즈 가문은 조선인 기술자들에게 토지를 주며 지극히 대접하였다. 그들은 끌려온 땅에서 조선의 언어와 문화를 지키며 살아오면서 독특한 통치 시스템을 가지고 있었다.

14대 심수관은, 시바 료타로의 저서 '어찌 고향이 잊히리오'의 주인공으로서 등장한다.

1966년 박정희 정권 당시의 14대 심수관이 한국의 대학과 미술 연구자에게 초대받아, 서울대학 대강당에서 연설한 것이 책 속에 묘사되고 있다.

'이걸 말해도 될지.'

나는 한국의 학생들에게 바라는 것이 있다. 한국에 가서 다양한 학생들을 만나서 이야기할 때, 그들은 모두 36년간의 일제 강점기 시절에 대해 얘기했다. 그것은 당연한 일이지만, 한국은 과거를 벗어나 앞으로 나아가야 하지 않는가.

똑같은 이야기를 일본인에게 얘기한다고 하면, 일본인들은 가만히 있지 않을지도 모른다. 당시 학생들로 가득 찬 서울대학교 강당에서 학생들은 심수관이 어떤 사람인지 이미 알고 있었다, 원래 도예가답게 감정이 섬세하고 풍부한 심수관은 가끔 울컥하여 말문이 막혔고, 그것이 겸연쩍었던지 농담도 했다. 심수관은 당신이 36년간을 말한다면 나는 370년을 말해야 한다'라고 연설을 끝냈다.

연설이 끝나고, 청중은 박수를 치지 않았다. 그러나 심수관이 한 말에 동의하기라도 한 듯, 강단에는 심수관에게 보내기 위해 준비된 노랫소리가 흘러나왔다.

14대 심수관의 강연이 끝난 뒤, 그는 박정희 대통령을 만나는 기회를 얻었다. 또한, 후에 김대중 대통령이 민간인에게 수여하는 최고 훈장인 대한민국 은관 문화장을 수여했다. 현재 15대째에는 왕실과 노무현 대통령 부부도 이곳을 방문했다.

전쟁의 시작과 끝의 외무대신, 도고 시게노리

태평양전쟁의 시작과 끝에 외무대신을 역임한 도고 시게노리(東鄕茂德)는 심수관과 같은 부락에서 태어나고 자랐다. 즉, 그의 뿌리는 일본인이 아니다. 조부는 박이구이며, 메이지유신 후에 그는 일본 국적에 편입되어, 1886년 그의 가문은 도고라는 성을 쓰게 되었다.

아버지 박수승은 도예가가 아니었다. 그는 도예가를 고용하여 작품을 외국인들에게 판매하여 재산을 축적했다.

그의 출신지 가와무라는 도예가뿐만 아니라, 우수한 인재를 배출해 내었다. 도고는 어릴 적부터 신동이라고 불리며, 후쿠이 유조는 저서에 "도고는 마을 사람들의 기대를 받으며, 도쿄제국대학을 나와 외교관이 된 후로는, 도고 선배처럼 되라는 말이 온 마을에서 들려왔고, 마을 소년들의 롤 모델이 되었다"라고 적혀 있다.

마을에서도 명가로 알려진 박가네는 도고라는 일본의 성으로 바꾸고, 대일본제국 최후의 외무장관인 도고 시게노리를 배출했다. 내가 그의 마을을 방문했을 때, 마을에는 아이들 등굣길에 잘 보이는 곳에 세워진 이정표를 발견했다.

이정표에는 "거짓말을 하지 마라. 지지 마라. 약한 자를 괴롭히지 마라. 도고 선배를 이어가라"라고 적혀 있었다.

도고는 대학교 재학시절에 성을 박씨에서 도고로 바꾼 모양이다.

주독일 대사, 주소련 대사를 거쳐 태평양전쟁이 시작되기 전인 1941년 외무장관이 되었다.

후쿠이 유조는, "그가 순수 일본인이 아니라 일본에 대한 애국심이 약하냐고 물어본다면, 그 반대였다. 그의 일본을 위한 목숨을 건 행동은, 애국심 이외에는 설명이 되지 않는다. 도쿄재판에서 종신형을 선고받고, 수년 후에 옥사했으나 그는 마지막까지 일본인으로서 죽음을 맞이했다"라고 서술한다.

5

사실을 말하지 않는 한국의 정치인과 언론

사대주의

한국인은 자신의 나라의 역사를 얼마만큼 알고 있을까 하는 의문이 들 때가 있다. 중국은 주변 나라들에게 공물을 바치게 하는 책봉제도를 통해, 중국을 정점으로 한 화이질서를 만들었다. 중화의 '화'(華)는 중국이 뛰어난 문명을 가진 세상의 중심이며, 중국의 주변 국가는 야만인이라는 사고방식이다.

중국의 명나라, 청나라 시대에 조선은 속국이었으며, 조선 사람들은 인간 이하의 취급을 받고 차별에 고통 받아야 했다. 조선의 왕이 분쟁을 피하기 위해 청나라 왕과 고위관료들에게 머리를 숙였던 적이 몇 번이나 있다. 그렇게 청나라에게 몇 번이나 고개를 숙이고 나라를 잃지 않았던 것이다.

이러한 굴욕적인 역사를 한국에서는 국민에게 제대로 가르치지 않는다. 오히려 되도록 알리지 않고 있다.

해방 후 일본에 꽤 많은 도움을 받았다. 물론 식민지 지배를 생각하면 일본에 대한 감정은 이해가 되지만 한국이 일본으로부터 전수받은 기술과 또 자금 등 그런 사실을 한국 국민들은 잘 알지 못한다. 또한 재일교포가 조국을 위해 많은 도움을 주었던 사실도 알려지지 않았다.

대통령을 포함한 정치가, 또한 언론이 한일 간의 정확한 역사를 모른다는 생각밖에 들지 않는다. 그러니 국민에게도 알릴 수가 없다. 알아도 자존심 때문에 말하지 않는 것인지 모르지만, 한국 정부는 중국에게는 일본보다 몇 배나 많은 차별을 받아옴에도 불구하고 일본에게만 공격적인 태도를 보인다. 그것은 균형이 맞지 않는다. 지금 한국 정부는 중국에게는 굉장히 우호적이라는 생각이 든다.

중국의 책봉제도 아래에서는, 조선의 서열은 일본보다 높았다. 그래서 아직도 한국은 일본보다 위라고 생각하는 것은 아닐까.

한국에는 사촌이 땅을 사면 배가 아프다는 속담이 있다. 자신과는 별반 다르지 않은 이웃이 성공하면 질투를 하게 된다는 의미다. 어머니는 한국인은 타인이 성공하면 질투하는 경향이 있는 민족이라고 말을 했다.

한국에는 전국교직원노동조합, 일본에는 일본교직원조합이라는 조직이 있다. 전교조에 속한 교사들은 초등학생, 중학생을 일본대사관 앞에 있는 위안부상으로 데려가 일본에 항의하게 한다. 한국에서는 이런 교육을 하고 있다.

한국 정부는 모든 역사적 사실을 직시하여 문제의 해결방안을 찾지 않으면 안 된다. 이것은 현 정권만의 문제가 아니다. 역사는 하루아침에 바로 잡을 수는 없으나, 노력을 해야 하지 않는가.

알려지지 않은 일본의 기술협력과 재일교포의 기여

박정희 정권 시절, 한국은 눈부신 경제발전을 이루어 선진국들과 어깨를 나란히 했다. 한국이 그토록 성장할 수 있었던 이유에는, 한미동맹과 일본의 기술협력, 그리고 재일교포 1세가 기여한 배경이 있다.

그러나 역대 한국 정부와 고위관료, 언론은 이 사실을 국민에게 알리지 않았다. 모두 자신의 힘으로 이룬 듯이 말하고 있다. 받은 은혜는 기억하고 알려야 하지 않는가. 아주 부끄러운 일이다

어머니는 언제나 도움을 받은 사람에게 은혜를 갚는 것을 잊어서 안 된다,라고 말씀하셨다.

한국에서 오는 언론 관계자와 정치인과 만날 기회가 종종 있지만, 내가 아는 정보를 말할 때마다 서로 간의 인식의 차이를 느꼈다. 사실이 정확히 알려지지 않은 것이다. 한국의 젊은이들은 역사적 사실을 모르는 것이 아닐까. 일본 기업들이 얼마나 많은 기술 지원을 했는지, 모르는 듯하다. 실제로 나의 학교에 있는 한국 학생들도 그 사실을 모르고 일본에 왔다.

사실이 아니라 입맛에 맞는 역사만을 알리고, 국민의 눈과 귀를 막고 있는 듯하다. 이것은 정확한 정보를 알리지 않고, 국민의 수준을 높이는 노력을 하지 않은 정치인과 관료, 언론에 책임이 있다.

일본도 마찬가지다. 만주사변 이후로 진주만공격, 태평양전쟁에

돌입했을 때 정부와 언론은 제대로 된 정보를 알리지 않고 전쟁에 이길 수 있다고 보도하며 국민의 눈과 귀를 막았다. 그리고 결국 일본은 패전하게 된다.

청일, 러일전쟁, 그리고 조선의 식민지배가 시작되었을 때도 일본은 잔치 분위기였다. 언론은 국민을 움직이는 힘을 가지고 있다. 그래서 언론은 언제나 사실만을 보도해야 하는 의무가 있다. 사실과 다른 것을 보도하면, 언젠가 들통나게 된다.

세계 1위가 된 포항제철

한국은 한일기본조약으로 받은 자금으로 어느 정도 산업화를 이루었으나, 제철소를 만들기에는 역부족이었다. 그리하여 일본에 제철소 건설을 부탁하였으나 일본의 경제계는 시기상조라고 판단하여 협력할 의지를 보이지 않았다. 그러나 신일본제철의 이나야마 요시히로의 회장의 한마디로, 전면적으로 협력하는 분위기가 되었다.

그리고 1973년에 경상북도 포항에서 건설이 시작된 것이 포항종합제철, 지금의 포스코이다. 신일본제철과 일본강관(현 JFE스틸)으로부터의 기술제공으로 포스코는 급속히 발전하여, 세계 제일의 제철소가 되었다. 이때의 사장이 박태준이다. 청렴결백하며 굉장히 평판이 좋은 사람이었다.

제철소가 완공되었을 때, 박정희 대통령은 대통령 집무실에 신일본제철의 이나야마 회장을 불러, 최고급의 감사장을 증정했다고 알려졌다.

그러나 이 사실에 대해 한국의 언론은 제대로 보도하지 않았다, 그렇다면 포항제철소가 어떻게 만들어졌는지, 그리고 이나야마 회장이 일본의 식민지배에 대해 속죄하는 마음으로 한국에 아낌없이 협력해야 한다고 말한 것을 한국 국민이 알 리가 없다. 한국의 이러한 태도는 좋지 않다

지금 강제징용 문제로 한국 법원은 일본제철(전 신일본제철)에게 배상을 명령했다. 결국 이전에 신일본제철의 기술협력이 알려져 있지 않으니, 이런 일이 벌어지는 것이다. 실일본제철의 전면적인 협력이 없었다면, 과연 한국의 제철산업은 지금처럼 발전할 수 있었을까?

재일교포가 기여한 공관의 토지와 제주도의 귤

도쿄의 최고로 땅값이 비싼 아자부에 있는 한국대사관에는, 박정희 대통령이 쓴 글이 담긴 초석이 있다.

대사관의 토지는 재일교포인 사카모토 방직 서갑호 사장이 기부하였다. 그는 한국에 막대한 공헌을 한 것뿐만 아니라, 오사카에 있는 민족 학교 금강학원의 창립에도 관여하였다.

그러나 사카모토 방적은 자금 운용이 잘되지 않았고, 1974년 도산하고, 서갑호 사장은 1976년 서울에서 급사하였다.

일본에는 도쿄 대사관과 영사관을 포함해 10개의 공관이 있으나, 그중 9곳은 재일교포 부호들이 토지를 기부하였다. 이 사실에 관하

여 2021년 새해 첫날 통일일보에 재일 동포의 모국공헌을 알려야
한다는 기사가 게재되었다.

'서갑호 씨는 1962년 도쿄에 주일대사관 토지를 기증. 이것이
시발점이 되어 일본 내에 있는 20개소의 한국 공관 중 9곳이 재일
동포의 기증으로 세워졌다. 서 씨를 대표로 한국 사회의 발전에
있어서 재일 동포의 공헌은 무수히 많으나, 그들에 대한 모국에
평가는 제대로 이루어지지 않았다. 그 원인은 지금도 재일교포를
반쪽발이, 일본의 앞잡이로 생각하는 부정적인 감정이 있기 때문이
라고 생각한다.'

한국 사회는 재미동포와는 달리 재일교포에는 부정적인 시선을
가지고 있는 것이 현실이다. 이전에 일본의 식민지 지배를 받아왔
고, 그런 무도한 일본에서 살아가는 동포들에 대해 비뚤어진 감정
이 있다고 생각된다. 대통령을 비롯하여 정치인들이 그러한 인식을
바꿔야 한다고 생각한다.

제주도는 한국의 제일의 귤 산지이다. 이것은 제주도 출신의 재
일 동포가 일본의 귤 묘목을 제주도로 가져다 본격적으로 귤 재배가
시작된 것이다. 재일 동포는 자신의 고향에 많은 것을 투자하였다.
학교를 만들고, 인프라를 정비하였다.

1988년에 서울에서 개최된 올림픽도, 재일 동포는 많은 금액의
자금을 모아 올림픽의 성공을 뒷바라지하였다.

그러나 이러한 재일 동포의 조국에 대한 지원은 한국 국민들에게
는 알려지지 않았다. 언론이 이러한 사실을 모르니, 정확히 보도가
될 수가 없다.

지금 민단이 한국 정부에 '민단이 조국에 공헌한 사실을 교과서에 기재하였으면 한다'고 요청하고 있다. 사실은 이러한 요청을 하기 전에 은혜를 입은 한국 스스로가 교과서에 역사적 사실을 포함시켜야 한다고 생각한다. 나라면 '요청'이 아니라, 한국 교육부에 기재하도록 '요구'할 것이다.

산케이 신문 서울주재 객원 논설위원의 구로다 가쓰히로는 한국 정부는 허영심을 가지고 있어서인지, '일본 숨기기'와 '재일 동포 숨기기'를 하고 있다. 일본, 그리고 재일교포로부터 받은 은혜를 되도록 국민에게 알리지 않는다고, 말했다.

은혜를 입은 것을 정확히 인정하지 않고, 사실을 어영부영 넘어가고 있으니 나라의 발전이 더디게 되는 것이다. 한국의 정치인과 고위관료, 언론의 이러한 태도는 굉장히 실망스럽다.

그러나 최근에 한국의 연구자들로부터 시작해서, 민간 차원에서 역사를 바로잡자는 움직임이 있다. 『반일종족주의—일한 위기의 근원』의 저자인 이영훈 서울대 명예교수를 단체 회식자리에서 만난 적이 한 번 있다.

6

지도자의 역량으로 나라는 변한다

양반에 착취 당해왔던 농민들

19세기 대영제국의 여행가 이사벨라 버드 비숍의 저서『조선과 그 이웃 나라들』내용에 조선은 더럽고 가난하고, 조선인은 게을러 보인다고 적혀있다.

게을러 보인다고 적은 이유는, 조선 시대의 귀족계급인 양반에서부터 유래했을지도 모른다. 조선에서는 임금이 모든 관료를 임명했다. 그래서 지방의 영주가 되고 싶으면 왕에게 뇌물을 바쳤다. 그러나 영주가 되어도 무보수이기 때문에, 살아가기 위해서는 농민을 착취할 수밖에 없었다. 농민은 일해서 작물의 수확량을 늘려도, 영주가 대부분 빼앗아갔기 때문에, 어느 정도 먹고 살 만큼만 일하게 되었다. 몇 대째 착취당하면 폭동이 일어난다.

이사벨라가 '조선인은 게을러 보인다'고 말한 이유는 다음과 같다. "아마 모두 빚을 지고 있을 것이다. 절대적으로 필요한 것 이외에

돈 혹은 재산을 가지고 있지 않다. 그들은 게을러 보였다. 당시 나는 그렇게 생각했다. 그러나 그들은 노동소득에 대한 보증이 없는 정치체제 아래서, 돈을 벌었다. 귀중품을 손에 넣으면 빌린 돈을 갚거나 세금으로 착취당하면서 주변에 있는 힘 있는 사람이나 양반들에게 몸을 맡겨 먹고 사는 것에 급급했다."

TV드라마로도 만들어진 최인호의 소설 『상도』에도, 여관을 운영한 인물이 관료들에게 모든 것을 착취당하는 장면이 나왔다.

현대에도 대통령을 포함해 뇌물을 받는 것이 계속되고 있다. 나라가 이전부터 이런 식으로 흘러가니 나라가 평온해질 리가 없다.

한국에 사는 사람들은 먹고살기 위해 필사적으로 일하지만, 먹고 살 만해지면 더 이상 일을 하려 하지 않는다. 뺏길까 봐 돈이 없는 척한다. 그러나 해외로 나가면 착취당할 염려가 없으니 열심히 일해서 새로운 운명을 개척한다.

'한국인은 자신이 태어나 자란 나라를 떠나 외국에 나가면 비로소 성공한다'라고 어머니가 자주 말씀하셨다.

인재육성의 중요성

일본에는 유능한 인재가 하늘의 별만큼 있다고 할 만큼 메이지 시대부터 시작된 인재육성 교육에 성공한 것이다. 호송선단 방식으로 학교를 만들고, 비교적 적은 교육에 대한 투자로 많은 인재를 배출했다.

일본은 패전으로 힘들어했으나, 국익을 지키기 위해 힘쓴 외교관이 다수 있었다. 2차 세계대전 후에 외교관으로 활약한 가세 도시카즈(加瀨俊一)도 그중에 하나다.

후쿠이 유조에 따르면, 그는 보기 드문 수재였다. 도쿄상대(현재의 히토쓰바시대학)에 진학해, 22살에 최연소로 외교관시험에 합격하여, 대학을 중퇴하고 외무성에 들어갔다. 외교관 시험에서 받은 영어 성적이 타의 추종을 불허할 만큼 탁월해, 특별조치로 하버드대학에 유학을 가게 되었다.

귀국 후에는 독일, 영국의 일본 대사관에서 근무하여, 1941년 12월 태평양전쟁 시에는 도조 히데키 내각의 도고 시게노리의 비서관으로서 미일교섭의 최전선에서 활약했다.

패전 시의 스즈키 긴타로 내각은 '종전내각'으로 불리며, 도고 시게노리를 외무장관으로 임명했으나, 도고는 다시 한번 가세를 비서관으로 임명하기를 요청했다.

그들은 일본의 국익을 지키고 나라를 지키기 위해 온 힘을 다했다. 1945년 9월, 연합국의 미주리 전함에서의 항복문서의 서명 시에도 가세는 함께했다.

UN 가입에도 힘을 썼다. 일본 정부 대표부 특명전권대사로서 협상 자리에 나와, UN 가입 후 최초의 UN대사가 되었다. 그 후 외무부와 총리고문을 역임했다.

나보다 훨씬 나이 많은 사람들 중에, 지금의 일본 경제계에서 활약하는 사람이 많은 것은 정말 대단하다고 생각한다. 일본은 인재 육성에 성공했다고 볼 수 있다.

한국인은 개인적인 능력은 뛰어나다. 영화를 만들어도 무슨 일을 하든 뛰어난 성과를 낸다. 한국의 아이들은 도쿄대에 들어가는 일본 아이들보다도 훨씬 열심히 공부를 한다.

그러나 대학에 입학한 후로는 노력을 덜 한다. 이것은 국토가 작으며, 나라가 분단되어 있고 노력한 만큼 성과가 돌아오지 않기 때문이다.

또 어떤 국가를 지향할 것인지 국가의 장기적인 전망이 없다. 한국에서 과학 분야 노벨상 수상자가 나오지 않는 것도 이 이유 때문일 것이다.

한반도가 남북으로 분단되어, 지금껏 통일이 되지 않는 것은 미국과 소련의 책임이라고 말하는 사람이 있다. 그러나 그것만이 이유가 아니다. 난국을 극복할 수 있는 뛰어난 인재가 없는 것이 큰 요인일 것이다.

지도자는 강한 의지로 목표를 세워야 한다

일본은 패전 후 20, 30년 후에 미국, 유럽이 우세를 보였던 기술력을 따라잡았다. 이것은 일본 국민이 패전 후 폐허가 된 나라에서 단결되어 나라를 재건하는 데 힘쓴 결과이다. 일본은 나라가 휘청일 때 단결된다. 천황의 존재도 영향이 있으며, 메이지 시대부터 그러하였다.

그러나 1989년 베를린 장벽이 무너지고, 냉전이 종식되었고 그후 일본은 30년 넘게 경제가 침체되고, 국력은 크게 저하되었다.

1989년 에즈라 보겔 하버드대학 명예교수의 저서에서 "일본 경제가 세계에서 일등이다(Japan as Number One)" 지적했듯이, 동서 냉전 이전의 일본 경제는 세계 최강이었으며, 미국을 위협할 정도 였다.

달이 차오르면 다시 지는 것과 같은 자연의 섭리처럼 일본의 지도 자와 국민은 부족함을 느끼고, 위기감을 가지지 않으면 침체된 경 제를 벗어나기 힘들다.

한국도 해방 후에 나라의 재건에 많은 노력을 기울였으나, 1950 년부터 3년간 이어진 6.25전쟁이 발발하여 한국은 식민지배, 전쟁 이라는 시련이 닥쳤다.

그러나 1965년의 한일 국교 정상화 이후, 일본의 자금과 기술을 적극적으로 도입하여 급속한 성장을 이루었다.

하지만 2020년 현재, 한일 국교 정상화로부터 55년이나 지났으 나, 지금까지 많은 분야에서 일본에 뒤처지고 있는 것은 사실이다. 한국의 역대 대통령은 "일본은 메이지유신 이후 150년이나 지났으 나, 한국은 해방 후 75년밖에 지나지 않았다."라고 말한다. 하지만 그것이 일본에 뒤처지는 이유는 아니다. 나라의 지도자가 일본을 극복하여 일본을 앞지르기 위한 확고한 의지와 각오를 가진다면, 국민도 단결되어 20, 30년 안에 목표를 달성할 수 있다.

한국의 국민이 단결되기 힘든 것은 '국민성의 문제'라고도 전해 진다. 역사적으로 보면 사색당파로 나뉘어 국민의 삶에는 관심이 없고 권력쟁취에만 몰두하니 어찌 국민들이 단결하겠는가? 지금의 한국 정치를 보면 마찬가지이다. 하지만, 국민성도 지도자에 의해 변할 수 있다. 지도자는 미래를 내다보는 능력이 있고, 탁월한 리더십을 가지고 '오늘보다 내일, 올해보다 내년'이라고 국민에게 희망을 주고, 더 나은 삶을 살 수 있다고 전하면 국민성은 반드시 변한다. '한국이 일본에 뒤처지는 것은 국민성 때문이다'라고 말하는 것은 정치인의 변명에 불과하다.

정치인은 시야를 넓혀라

한반도는 지정학적으로 힘든 위치에 있다. 조선 시대는 500년 이상 이어졌지만, 종주국이었던 중국을 그대로 따라했으니 발전을 할 수가 없었다.

그러나 강한 지도력을 가진 리더가 있을 때는 비약적으로 발전했다. 조선 시대 제4대 임금인 세종대왕은 세계적으로도 우수한 문자인 한글을 만들었다. 해방 후의 박정희 대통령도 눈부신 경제성장을 이루었다.

1980년까지 한국은 지식에 있어서는 가난했다. 1987년 노태우 차기 대통령 후보가 민주화를 선언했다. 이로 인해 언론의 자유가 보장되어, 한국 국민들은 금지되었던 북한의 문헌 자료, 사회주의에 대한 자료를 자유롭게 읽을 수 있게 되었다. 그때까지 서양문물을 자유롭게 볼 수 없었던 것이다. 민주화 투쟁에 활약한 김근태 국회의원은 사회주의, 공산주의에 관한 서적을 독일어로 읽었다고 들었다.

일본은 다이쇼 시대 이후 다이쇼 데모크라시라고 말하는 지적활동은 자유로웠으며, 서양으로부터 전해진 지식과 사상을 자유롭게 받아들인 시기가 있었으며, 지식을 축적할 수 있었다. 그러나 한국은 1980년 후반이 되어서야 지식의 자유를 얻을 수 있었다.

최근 한국의 정치인은 물론 관료들의 시야가 좁다고 느끼는 것은 이러한 이유일지도 모른다. 역량과 지식이 부족하여, 국내 문제를 모두 반일정서를 불러일으켜 논점을 흐리는 방향으로 국민을 이끈다. 이러한 방식은 이제 멈춰야 한다.

2006년 10월, 나는 그해 가나다 한국어학원을 개교하여, 일본의 동양경제일보의 취재에 응했다. 당시 한국은 노무현 정권이었고, '한국, 북한, 재일교포의 지금에 대해 어떻게 생각하느냐'라는 질문을 받았다.

이 질문에 대해 나는 "한국 정치는 불안한 상황이 계속되며, 경제 격차도 커졌다. 자살률도 높아지고, 특히 젊은이들의 자살이 늘어난 것이 굉장히 마음이 아프다.

노무현 대통령은 정치철학은 물론, 경제정책에는 문제가 있다. 지도자는 정치뿐만 아니라 경제도 이해하고 있지 않으면 안 된다. 북한은 중국에 반 식민지화되어 있는 상황이다. 북한도 체제적으로 크게 문제가 있다.

한반도는 강대국의 영향을 받을 수밖에 없는 지정학적 조건에 위치해있으나, 지금부터는 강대국과 균형을 맞추면서 국정운영을 해갔으면 하는 바람이 있다.

한국은 내년에 대통령선거를 앞두고 있으니, 다음 정권에 기대한다. 그리고 통일을 간절히 기대한다."라고 대답했다.(『동양경제일보』 2006년 10월 13일)

노무현 대통령은 변호사 출신으로 진지한 인물이지만, 언행으로 봐서는 내가 한국에서 대통령이 되면 더 잘할 수 있다고 생각했다.

한국의 좌파(左派) 신문인 한겨레의 젊은 기자와 이런 대화를 한 적이 있다.

"저런 사람이 대통령이 될 수 있으면, 나는 세 번이고 될 수 있다"라고 말하니 기자가 "말도 안 되는 소리를 한다. 용서할 수 없는 말이다"라며 화를 내었다.

"용서할 수 없으면 어떻게 할 거냐, 너희들은 재일교포에게 뭘 해주었다고 큰소리를 치는 것이냐"라고 받아치니, 그 기자는 그 후로 나를 찾지 않았다.

문재인 대통령의 모순

노무현 대통령의 영향을 받고 있는 것이, 현 정권인 문재인 대통령이다.

문재인 대통령의 아버지인 문용형 씨는 북한 출신으로 농업학교를 졸업 후 공무원 시험에 합격해, 창씨개명하여 일본 이름으로 취업했다고 한다. 나쁘게 말하면 문재인 대통령은 친일파의 아들이라고도 말할 수 있다. 그러한 문재인 대통령이 이승만, 박정희 대통령을 친일파 적폐청산이라고 단죄하는 모습을 보이고 있다.

북한 건국의 아버지인 김일성의 동생인 김영주는, 한때 국가 부주석이라는 요직에 올랐으나, 일제강점기 일본군의 통역으로서 일했다는 것을 대학생 때 책에서 본 적이 있다.

이처럼 식민지 시대 때 총독부의 식민지 정책으로부터 자유로운 조선인은 독립운동가 빼고 한 명도 없었다고 본다.

해방 후 75년이 지난 지금도, 아직도 '친일'이라든지 '반일'이라고 소란을 피우는 것 자체가 나는 이해가 되지 않는다. 국민들이 더 나은 삶을 살도록 하는 것이 중요한 것이 아닌가. 친일도 반일도 아니고, 일본을 극복하여 일본보다 더 나은 나라를 만드는 것이 모든 것을 해결하는 방법이 아닐까?

문재인 정권은 재일교포가 일본에서 살기 힘들게 만드는 정책만 하고 있다. 나라의 지도자라면 해외에서 사는 국민도 더 나은 삶을 살 수 있게 도와줘야 하지 않는가.

지금의 한국 정치가는 재일 한국인에 대해서 몰라도 너무 모른다. 시야를 넓히기 위해서라도 일본과 재일교포에 대해 연구하기를 바란다.

한일은 서로 간의 이해가 필요하다

일본은 아시아에서 자신을 이해해 주는 나라가 필요하다. 중국과는 거리가 있고, 미국은 이전 트럼프 정권에서 보여준 듯이 결국 아시아인과는 근본적으로 사고방식이 다르다. 안보문제에서도 일본을 방패막으로 이용하려는 것처럼 보인다.

메이지유신 이후, 일본은 조선을 동지로 맞이하려 했으나, 조선 국내 상황으로 일본의 생각대로 되지 않았다. 김옥균이 1884년에 일으킨 갑신정변이 실패로 끝났기 때문이다.

해방 후, 일본은 한국의 발전을 위해 전면적으로 협력했음에도 불구하고, 식민지 지배에 대한 감정을 생각하여 그것을 인정하지 않는 한국에게 어느 정도 이해를 했다. 그러나 최근에는 '또 일본에 요구를 하는 것은 받아들이지 않는다.'라는 자세를 보이고 있다.

그러나 안보상으로 일본은 스스로는 중국으로부터 자신을 지키기는 힘들 것이다. 한일이 서로 이해를 하고, 손을 잡아야 하지 않는가.

김옥균의 갑신정변과 미노리초

김옥균은 조선 말기의 개화파 정치가로, 청나라의 간섭으로부터 벗어나는 것을 지향한 독립당의 지도자이다. 일본에 유학해 후쿠자와 유키치와 친분을 쌓으며, "일본이 아시아의 영국이 되기 위해서는, 우리는 조선을 아시아의 프랑스가 되게 해야 한다"라고 말했다.

그는 일본의 메이지유신을 모델로 삼아 조선의 근대화를 꿈꾸며, 1884년 갑신정변을 일으켰다. 일본의 지원을 받아 개화파 정권을 수립했으나, 청나라의 개입으로 3일천하로 끝나고 말았다.

그 후, 김옥균은 일본에 망명해 오가사와라에 유폐되어, 홋카이도로 옮겨졌다. 그러나 정변으로부터 10년 후인 1894년, 청일전쟁이 시작되고 4개월 후, 조선으로부터 온 자객인 홍종우에 의해 상하이에서 암살되어, 43년의 파란만장했던 삶을 마감했다. 이 정변의 실패로 인해 조선의 독립과 근대화는 멀어져버린 것이다.

그는 정변 후, 미노리초에 왔었던 적이 있다. 내가 개업 후 얼마 되지 않았을 때 환자 중 한 명이, "이전에 조선의 대단한 인물이 이곳에 자주 왔었다"라고 말했다. 자신의 아버지에게 들었던 것일까.

미노리초 사이고치에 살았던 이사카 덴야(井坂伝彌)와 그의 아들 나카오(中夫)가 김옥균을 지원했던 모양이다. 지금으로부터 130년 전의 일이다.

김옥균 연구자인 금병동 씨가, 1987년에 나를 찾아온 적이 있었다.

그는 "김 원장님은 (중략) 조선인으로서, 예전 조선인들이 적은 것들을 가지고 있다. 김옥균을 감싼 이사카(伝彌)의 묘지도 있다. 그리하여 도중에 대대로 이사카 씨의 묘지를 관리하고 있는 기미야마 지이 씨와 함께 묘지를 찾아갔다. 이사카 씨의 묘지라고 적힌 우측에 아들인 나카오 씨의 이름이 있었고, 메이지 26년 7월 6일에 죽음. 향년 46세였다. 좌측에는 이사카의 이름이 있었고, 다이쇼 2년 10월 27일 죽음, 향년 68세라고 적혀있었다. 뒷면에 다이쇼 3년 10월 27일에 이사카 모토오(基夫) 세움이라고 적힌 것을 보면, 아버지의 죽음 후 1년 뒤에 묘지를 세운 것을 알 수 있다.

기미야마 지이 씨는 이사카 가문의 관련 인물도 아니지만 묘지의 관리를 하는 것에 대해 '시집왔을 때부터 우리 집안에서 관리하고 있었다'라고 말하며, '왜 이 일을 하는 건지는 모른다'라고 말했다.

금병동 『김옥균과 일본』 중에서, 아버지인 이사카는 이곳의 유력 인사였던 모양으로, "메이지 시대에 들어서 뽕나무 재배와 판매를 하며, 탄광 개발도 하였다"라고 금병동은 말한다.

아들인 나카오가 어떻게 김옥균을 지원한 지에 대해, 금병동은 고구레 나오지로 저서 『김옥균』으로부터 인용하고 있다.

"김 씨에게 동정심을 가지고, 김 씨가 오가사와라에 있을 때, 이사카 씨는 오가사와로부터 보내진 김옥균의 서폭(휘호)을 김 씨와 친분이 있는 사람들에게 꽤 높은 가격으로 팔아, 그 돈으로 김 씨에게 먹을 것을 보냈다"라고 한다.

내 병원을 지나는 미토거리의 오미타마시 가타쿠라에는, '가도가'라는 오래된 여관이 있다, 그곳은 후에 입헌정우회 총재가 되어, 총리가 되는 이누카이 쓰요시가 김옥균을 데리고 종종 묵었다고, 가도가의 주인이 말했다.

김옥균은 많은 책을 남겼고, 액자도 조금 남겼다. 여관의 주인은 나에게, "김 선생님은 김옥균 씨와 같은 성씨이신데, 친척이신가요?"라고 물으며 액자 중 하나를 나에게 주었다. 나는 그 액자를 계속 내 집에 걸어두고 있다.

ᘒ 7 ᘒ

극일사상으로 일본보다 나은 나라를 만들자

잠재의식과 피해자 의식

재일교포를 포함한 한국, 북한 사람은 일본에 침략당한 경험으로부터 특히 다음 두 가지 의식을 가지고 있는 것이 아닐까.

첫 번째는 일본인의 상대가 되지 않는다는 잠재의식이다. 재일교포는 본명과 일본명을 나누어 사용하고, 언제나 일본인보다 한 발짝 뒤에서 살아왔다. 일본인의 반감을 사거나 눈에 거슬리는 일은 하고 싶지 않다. 그리고 일본인을 앞지르는 일은 하려고 하지 않는다.

북한은 인류가 사용해서는 안 되는 핵무기와 미사일, 생화학병기의 개발에 자금을 쓰고 있다. 제대로 된 분야에서 일본과 승부해도 이길 수 없다는 생각에, 그런 일을 하고 있는 건 아닌가.

두 번째가 일본에 대한 피해자 의식이다. 피해자 의식은 열등감과 동전의 양면과 같다. 이러한 의식을 씻어내지 않으면 안 된다.

우선 한국의 기업이 일본의 기업과 경쟁하여 일본보다 좋은 회사, 좋은 기술을 가지면 되는 것이다. 그리하여 일본의 위에 서게 되면 피해자 의식은 없어질 것이다. 한국의 기업은 일본으로부터 배워 뒤를 따라붙고 있기 때문에 머지않아 일본을 앞서게 될 것이다.

삼성전자와 현대그룹을 시작으로 한, 적지 않은 기업이 일본을 앞서 세계에서 활약하고 있다. 이 기업들은 일본의 하청업체로 시작했다. 해방 후 일본이 많은 회사와 인프라를 남기고 조선을 떠났을 때, 일본이 '조선에 남기고 가니 어디 한번 사용해봐라'라고 말한 것을 조선이 이어받아 지금의 발전을 이룬 것이다.

현재 한국의 경제발전은 세계가 주목하고 있다. GNP는 러시아에 이어 세계 9위에 위치하고 있다. 근면성실하고 능력이 뛰어난 국민과 삼성, 현대 등의 재벌의 피나는 노력의 산물이다.

일본은 이웃 국가로서 가치관을 공유하고, 발전한 나라의 등장을 기다렸을 거라고 생각한다. 일본과 한국이 협력함으로써, 동아시아 정치가 안정될 것이다.

지금으로부터 140년 전, 갑신정변을 일으키고 일본을 롤 모델로 삼아 조선의 근대화를 꿈꾼 김옥균의 소원이 앞으로 이루어지게 될지도 모른다.

또한 피해자 의식을 앞세워 일본을 공격하는 것으로는, 언제까지나 일본을 추월할 수 없을 것이다.

강제징용 문제 등, 아직 해결되지 않은 문제가 많은 것은 사실이다. 하지만 말하고 싶은 것이 열 개가 있다면, 일곱 개는 말하되 나머지 세 개는 일본보다 나은 나라를 만들고 나서 말하면 된다.

그때는 일본인도 한국의 이야기를 들어줄 자세를 갖추고 있을 것이다.

한국은 지리적으로 일본의 옆에 있으며, 미국의 지원을 받을 수 있는 지정학적 위치이다. 자부심을 가지고 국민을 이끈다면, 당연히 일본을 추월하는 나라를 만들 수 있다.

그러나 많은 분야에서 일본에 뒤처지는 것을 보면, 국민의 정신 구조에 문제가 있다. 이 두 가지의 의식을 개선하는 필요성이 있지 않을까?

어머니는 한국을 방문할 때마다, "우리나라 사람들은 아직 고생이 더 필요하다. 한국은 아직 멀었다"라고 늘 말씀하셨다.

일본을 넘어 더 나은 나라를 만들자

식민지 시절 재일교포는 2등 국민으로 일본의 최하류 계급에 해당되고, 일본의 밑바닥 경제 속에서 일했다.

해방 후는 70만 명의 교포가 조국에 돌아가지 않고 일본에 남아서 일본인이 하지 않는 일, 힘들고 더러운 일을 해왔다. 일본인이 먹다 남은 밥을 먹고 살아왔다고 말해도 과언이 아니다. 나의 가족도 그중 하나였다.

하지만 나는 그러한 역경 속에서도 부모가 민족의 자부심을 가지고 교육시킨 덕분에, 일본인에게 지지 않기 위해 공부하였으며, 의사가 되어 많은 사업을 해왔다. 친절한 일본인들도 많이 만났으며, 새로운 도전을 할 때마다 도움을 받았고, 재일교포뿐만 아니라 지역의 일본인들에게도 신뢰를 받으며 살아왔다.

한국인들은 일본에게는 이길 수 없다는 잠재의식이나 피해자 의식에 잠겨있지 않고, 일본을 넘어서자는 의지를 가졌으면 한다. 일본인으로부터 기술지원을 받고, 조금 먹고 살만해지니 이 정도면 됐다고 멈추지 말고, 다양한 분야해서 일본을 넘어서야 하지 않겠는가.

그러한 노력은 하지 않고 과거 문제에만 사로잡혀 있으면 일본인은 납득하지 못한다.

해방 후 75년이 지났으나, 아직 일본으로부터 허심탄회하게 배울 것은 많다. 그리고 더 나은 나라가 되면 분명히 많은 일본인이 '힘든 상황 속에서 노력하여 여기까지 발전하셨네요'라고 평가하여 한국에 존경어린 시선을 보낼 것이다.

나는 조부모와 부모의 나라인 한국이 훌륭한 국가가 되어 일본뿐만 아니라 세계적으로 존경받는 나라가 되기를 진심으로 기원한다. 그리고 재일한국인 2세로서 조국이 발전할 수 있도록, 나머지 인생을 바치려고 한다.

김정출 연보

1915년	10월, 부친 김경범(金慶範), 경상북도 고령군 성산면 기족동에서 태어남.
1926년	7월, 모친 박옥희(朴玉姬), 경상북도 안동에서 태어남.
1941년	양친이 일본 아오모리(青森)에서 결혼.
1943년	1월, 형 정룡(正龍) 태어남.
1945년	이 무렵 양친이 엿 행상을 시작.
1946년	2월 23일, 김정출(金正出), 아오모리시에서 태어남.
1947년 1세	이 무렵 양친이 밀주와 양돈으로 생계를 유지함.
1948년 2세	2월 27일, 후일 아내가 될 서신(徐信), 재일 조선인 2세로 아이치(愛知)현 니시오(西尾)시에서 태어남.
	10월, 동생 정구(正具) 태어남.
1951년 5세	4월, 동생 정이(正二) 태어남.
1952년 6세	4월, 아오모리시립 나미우치(浪打) 초등학교 입학.
1953년 7세	이 무렵 양친이 창고를 구입 개축, 조선인 연립주택으로 이사.
1958년 12세	3월, 나미우치초등학교 졸업.
	4월, 나미우치중학교 입학.
1961년 15세	3월, 나미우치중학교 졸업.
	4월, 현립 아오모리고교 입학.
1963년 17세	모친이 불고기 가게 〈명월관〉을 개점.
1964년 18세	3월, 현립 아오모리고교 졸업.
	4월, 홋카이도(北海道)대학 의학부 입학.

1970년 24세	2월, 도쿄여자의과대학 심장외과에 응모해 떨어짐.
	3월, 홋카이도대학 의학부 졸업.
	이해 도쿄 우에노(上野)에서 개최 중이던 북한 상품 전람회 의무실에 주 2회 근무. 아내 서신도 동 전람회에 근무.
1971년 25세	2월, 도쿄여자의과대학 심장외과에 다시 응모해 떨어짐.
	4월, 요코하마(横浜)시립대학병원 제1외과에 수련의로 시작. 1980년까지 요코하마미나미(南)공제병원·미우라(三浦)시립병원·가나가와(神奈川)현립 성인병센터 등 복수의 병원에서 수련의로서 근무. 이해 요코하마미나미공제병원 아리타 미네오(有田峯夫) 의장(医長)의 권유로 골프를 시작.
1972년 26세	5월 14일, 서신과 결혼.
	이해 조총련 본부에서 한덕수(韓德銖) 의장에게 김병식(金炳植) 사건에 관해 질문.
	동년, 양친이 북한을 방문, 숙부 김사남(金四男) 부부와 재회.
	이 무렵 정경모(鄭敬模)의 사숙 〈씨알의 힘〉에 다니기 시작.
1973년 27세	4월 30일, 장녀 명숙(明淑) 태어남.
1975년 29세	1월 21일, 장남 명호(明浩) 태어남.
1976년 30세	7월 2일, 차남 명철(明哲) 태어남.
1980년 34세	도쿄 니시아라이(西新井)병원에 근무.
1981년 35세	4월, 이바라키(茨城)현으로 이사, 히타치나카(ひたちなか)시의 나카미나토(那珂湊)중앙병원에 근무하며 개업 준비.
1982년 36세	12월 8일, 미노리(美野里)소화기과외과진료소를 19병상으로 개업.
1984년 38세	4월, 진료소를 42병상으로 증상, 〈미노리소화기과외과병원〉으로 개칭.
1985년 39세	8월, 골프 회원권 소송을 일으킴.
1986년 40세	3월, 골프 회원권 소송 화해 성립.

7월, 아내 서신과 자식 3명, 형의 자식 3명이 북한을 방문.

이해 양친이 불고기 가게 〈명월관〉을 폐점.

1988년 42세 2월, 부친이 뇌졸중으로 쓰러져 재활 치료를 시작.

4월, 영화 〈계엄령하 칠레 잠입기〉(1986년 제작)를 미토(水戶)의 상영회에서 봄.

의료법인사단 정신회(正信)미노리병원 발족, 일반동 42병상, 노인병동 54병상, 부인과 병동 15병상 개설, 〈미노리병원〉으로 개칭.

6월, 앰네스티 인터내셔널 일본 미토 그룹 설립.

1990년 44세 5월, 앰네스 미토 그룹이 멘다 사카에(免田栄) 씨를 초빙하여 소집회 개최.

12월, 노인 병동을 특례 허가 노인 병동으로 전환.

이해 양친과 처, 세 자식과 함께 기요사토(清里) 고겐(高原) 호텔에서 하기 휴가를 지냄.

1991년 45세 12월, 사회복지법인 청구 〈특별 양호 노인홈 청구원〉 설립.

1992년 46세 4월, 의료법인사단 정신회로 개칭.

9월, 양친, 처, 동생 정이와 함께 첫 방한.

9월 13일, 부친 별세.

11월, 앰네스 미토 그룹이 앰네스티 일본 지부장 이데스 한손의 강연회 개최.

이해 국적을 조선적에서 한국적으로 바꿈.

1993년 47세 9월, 의료법인사단 〈양호 노인 보건 시설 미노리원〉 설립.

동월, 다이하코네(大箱根) 컨트리클럽에서 개최된 〈제24회 내각 총리대신배·일본 사회인 골프 선수권 동(東)일본 예선〉에서 우승.

11월, 앰네스 미토 그룹 〈옥중의 삶〉 상영, 멘다 사카에 강연회 개최.

1994년 48세	10월, 〈청구원〉 임원과 한국의 자매 시설 〈인천 영락원(永
	樂)〉 방문, 연수 여행.
1995년 49세	5월, 〈주택 양호 지원 센터 미노리원〉 설립.
	8월, 앰네스 미토 그룹 서승 강연회 개최.
1997년 51세	11월, 〈케어 하우스 호센카(ほうせんか)〉 설립.
	동월 앰네스 미토 그룹이 앰네스티 일본 지부장 나카야마
	지나쓰(中山千夏) 강연회 개최.
1999년 53세	9월, 〈재택(在宅) 양호 지원 상업소 미노리〉 설립.
	10월, 특례 허가 노인 병동을 의료형 요양 병동으로 변경,
	신축.
2000년 54세	5월, 〈그룹 홈 코스모스(コスモス)〉 설립.
2001년 55세	5월, 〈그룹 홈 민들레(たんぽぽ)〉 설립.
2002년 56세	5월, 〈그룹 홈 목련(もくれん)〉 설립.
	6월, 〈그룹 홈 개나리(れんぎょう)〉 설립.
	10월, 미노리병원·〈청구원〉 임원 한국 〈인천 영락원〉 방문,
	연수 여행.
	11월, 〈그룹 홈 다마리(たまり)〉 설립.
2003년 57세	5월, 〈그룹 홈 해바라기(ひまわり)〉 설립.
	6월, 〈그룹 홈 무궁화(むくげ)〉 설립.
	7월, 〈그룹 홈 나팔꽃(あさがお)〉 설립.
	9월, 〈그룹 홈 진달래(つつじ)〉 설립.
	11월, 〈그룹 홈 벚꽃(さくら)〉 설립.
	12월, 〈그룹 홈 오아라이(大洗)〉 설립.
2004년 58세	1월, 〈그룹 홈 스미레(すみれ)〉 설립.
	2월, 〈그룹 홈 나노하나(なのはな)〉 설립.
2005년 59세	4월, 미노리병원·〈청구원〉 직원 제주도 연수 여행.
2006년 60세	2월 25일, 빌딩 〈앰네스 미토(あむねすみと)〉 준공. 앰네스

티 인터내셔널 일본 미토 그룹 사무소를 〈앰네스 미토〉 안에 개설.

3월, 한글 아카데미 가나다 한국어 학원 일본교 개교.

4월, 〈그룹 홈 단풍(もみじ)〉 설립.

6월, 미토 역 앞 클리닉 설립.

2007년 61세   1월 28일, 미노리병원 25주년 기념 신관 준공 축하 모임 개최.

2월, 일반병동 27병상, 의료형 요양 병동 84병상으로 늘어남.

2008년 62세   9월, 〈소규모 다기능형 거택(居宅) 양호 시설 푸른 언덕(靑い丘)〉 설립.

12월 6일, 미노리초(美野里町) 명예 촌장(町長) 도노우치 미쓰오(戸之内光男) 100살 축하 모임을 신축된 미노리병원 외래 로비에서 진행.

2010년 64세   4월, 쓰쿠바시에 〈푸른 언덕 보육원 쓰쿠바〉 개원.

동월, 모친이 자서전 『세이시카이』(니혼 효론샤) 출판.

2011년 65세   3월, 박경리 저 『토지』 청소년판(김용권 역/김정출 감수)을 일본 고단샤에서 발행.

5월, 〈소규모 다기능형 거택 양호 시설 다마리〉 설립.

6월, 〈소규모 다기능형 거택 양호 시설 이와마〉 설립.

12월, 〈소규모 다기능형 거택 개호 시설 우치하라〉 설립.

2012년 66세   1월, 〈소규모 다기능형 거택 양호 시설 가사하라〉 설립.

4월, 쓰쿠바시에 〈푸른 언덕 보육원 니노미야〉 개원.

5월, 미노리병원/〈청구원〉 직원 제주도 연수 여행.

2013년 67세   9월, 이바라키현에서 〈청구학원 쓰쿠바중학교/고등학교〉 1조교 설립 허가 나옴.

2014년 68세   4월, 학교 법인 청구 〈청구학원 쓰쿠바중학교/고등학교〉 창립.

10월, 미노리병원/〈청구원〉/청구학원의 직원 경주 연수 여행.

2016년 70세 2월, 모친이 자서전의 한국어판『운명은 현해탄을 건너서』를 한국에서 출판.

4월, 〈데이 서비스 센터 진달래〉 설립.

동월, 〈소규모 다기능형 거택 양호 시설 도토리〉 설립.

11월, 구원사의『토지』일본어판 완역 프로젝트에의 지원 개시, 제1권 간행.

2017년 71세 7월 16일, 모친 별세.

2019년 73세 3월, 〈소규모 다기능형 거택 양호 시설 우치하라〉를 〈그룹 홈 우치하라〉로 변경.

4월, 미노리병원장을 퇴임, 이사장으로 취임. 장남 명호 병원장으로 취임.

2020년 74세 9월, 〈청구학원 쓰쿠바중학교/고등학교〉가 한국 대구의 〈청구학원 중학교고등학교〉와 자매교 제휴.

2021년 75세 4월, 〈소규모 다기능형 거택 양호 시설 푸른 언덕〉을 〈그룹 홈 푸른 언덕〉으로 변경.

동월, 장녀 명숙이 남편과 더불어 미노리병원에 안과를 개설.

7월, 구원사의『토지』일본어판 제14권까지 간행.

추억의 앨범

1. 가족·친척들과

고향에서 아오모리로 온 할머니(조모, 중앙), 형 정룡(조모의 왼쪽) 등과 함께. 모친에게 안긴 아이가 저자(앞줄 왼쪽 끝). 1947년 초.

양친, 형, 가족들과 호텔 뉴 시오바라(塩原)에서. 1986년 가을.

청구원의 준공식에 와 준 아내 가족들과. 1991년 겨울.

교토에 거주하는 이모를 가운데로 한 양친.

부친의 동생 김오암(오른쪽), 김경암 부부(중앙)와 모친.

명숙(장녀), 명호를 사이에 두고 장모 김월계와 함께. 미우라(三浦) 반도에서 1976년 봄.

형제 가족들과 시모키타(下北) 반도 오소레잔(恐山)에 여행. 2008년 여름.

장녀 명숙의 남편 에구치 가즈유키(江口一之)와 더불어.

매형 서광수 씨와 더불어.

모친을 모시고 닛코(日光)에 가족 여행. 호텔 닛코 세키테이(石亭)에서. 1993년.

도쿄 아다치(足立)구 거주 박석규(모친의 오빠, 중앙), 사촌 김동환(오른쪽) 등과.

2. 친구들과

홋카이도대학의 선배 이정우(북한에 귀국한 이학 박사, 왼쪽), 신현섭(이학 박사, 중앙), 김충권(아내의 친척, 오른쪽).

〈앰네스 미토〉의 준공식에 와 준 홋카이도대학의 선배 후배들과 더불어. 문일창(오른쪽 끝)과 저자의 어깨에 팔을 얹는 건강할 때의 신현섭 선배가 그립다. 왼쪽 끝은 김상록. 2006년 2월 25일.

왼쪽으로부터 허성기, 저자, 김충권, 문일창.
〈앰네스 미토〉의 준공식에서. 2006년 2월 25일.

홋카이도대학의 유학동(留学同) 친구들과 하이킹. 김상록(앞줄), 문일창(오른쪽 끝), 저자(왼쪽 끝).
1967년 봄.

히가시쓰쿠바(東筑波) 컨트리클럽에 초샤쿠(長尺)를 지참하고 골프 친구들과.

한국 방문시에, 왼쪽으로부터 허동찬, 김용권, 김용운 제씨와. 2006년 10월.

3. 직장 여행에서

미노리병원 직원들과 다테야마(立山) 구로베(黒部) 알펜 루트에 여행, 2000년 5월.

다테야마 구로베 알펜 루트 여행에서 아내와. 2000년 5월.

청구원 임원들과 한국 연수 여행. 이때 인천 영락원도 방문. 1994년 초여름.

미노리병원·청구원 직원들과 한국 연수 여행. 2002년 10월.

4. 한국·북한 여행

모친, 형제들과 한국 여행. 한국에 거주하는 이모들과 서울 청계천에서.

미노리병원·청구원 직원들과 한국 연수 여행. 인천 영락원에서. 2002년 10월.

시모야마다 도라노수케(下山田虎之助) 선생(왼쪽 끝), 우사카 미치히로(卯坂道博) 선생(오른쪽 끝), 아내, 인천 영락원 분들과. 2002년 10월.

모친의 한국의 친정에서. 이모, 친척들과 성묘. 2003년 봄 무렵.

청구원 직원들과 제주도 여행. 2005년 봄.

양친(중앙). 북한에 친족 방문. 1972년 봄.

아내와 자식들이 북한에 돌아 간 숙부를 방문. 1986년 7월.

평양 근교 만경대를 방문한 자식들. 1986년 7월.

평양 방문시의 자식들과 친척 아이. 1986년 7월.

5. 그리운 사람들과

부친의 고별식에 모인 친척들과. 1992년 9월.

도노우치 미쓰오 명예 정장의 백
수 축하. 2008년 12월 6일.

도노우치 미쓰오 명예 정장의 백수 축
하. 왼쪽으로부터 시마다 조이치(島田
穰一) 장장 노무라 다케카쓰(野村武勝)
상공회 회장, 이소베 다카시(磯部隆)
씨. 2008년 12월 6일.

미노리병원에서 같이 일한 김도정(金道正) 선생 부부와 아내.

김도정 선생 부부와 어머니, 형제들과 함께.

간호사 오바 마치에(大場マチエ)와 어머니. 2007년 6월.

외래 간호사들과. 1983년 봄 무렵.

아내의 친족과 아내. 2007년 12월.

읽고 나서

　지난여름 우연히 김정출 청구학원 이사장의 자서전『무엇이 서러워서 일본 사람이 되나, 일본을 극복하자』라는 일본어 원고를 메일을 통해 받았다. 재일교포 번역가이자 저술가인 김용권 청구학원 이사가 출판을 앞두고 보내온 것이었다. 300페이지 가까이 되는 원고를 출력하여 읽어 보라고 하니 솔직히 귀찮고 짜증스러운 기분이 앞섰다. 게다가 김정출 이사장과는 일면식도 없는 사이였다.
　1994년 11월 출판된 졸저『일본은 있다』가 이듬해 6월 일본 고분샤에서『일본의 저력』이라는 타이틀로 번역, 간행되었는데 그 번역을 맡은 이가 바로 와세다 대학 문학부 출신의 김용권 작가였다. 번역에 앞서 일부러 서울까지 나를 만나기 위해 온 적이 있다. 일본의 지인들이 한결같이 입을 모아 '명번역'이라고 평가했던 그 기억들을 떠올리며 원고를 도리상 읽어 주기로 했다.
　웬걸, 일단 읽기 시작하자 원고를 손에서 놓을 수 없을 정도로 빠져들어 결국 하루 동안에 다 읽어냈다. 학교 교육을 제대로 받지 못한 재일 교포 1세의 부모님들이 험하고 힘든 세월에 밀주를 만들어 팔기도 하고 불고기 집을 운영하는 등 힘겹게 살면서도 슬하의 네 형제를 모두 대학까지 졸업시킨 그 열정에 절로 머리가 숙여졌다. 서울 올림픽을 계기로 처음으로 서울을 방문한 후 선친 때부터 관계를 이어 온 조총련과 거리를 두고 조선적을 버리고 한국적을 택한 대목도 퍽이나 인상적이었다.

김정출 이사장은 홋카이도대학 의학부를 졸업하고 개업의로 활동하면서 보건·노인 요양사업과 교육사업을 통해 지역사회로부터 높은 평가를 받고 있는 모습은 바람직한 재일 한국인의 상(像)을 대한 느낌이다. 한국인으로서의 정체성을 고집스럽게 고수하면서도 일본 사회의 일원이라는 개방적 자세를 견지해온 그의 삶의 자세는 교포사회의 귀감이라고 하겠다.

백두산과 한라산의 기상을 안고
아름다운 금수강산 위용 떨치네
배우고 또 배워서 선봉이 되어
굳은 결의 당당하게 실천해가리
민족의 기둥감 한마음으로
영원히 빛내자 청구의 이름

2014년 4월에 김정출 이사장이 설립한 청구학원(靑丘學園)의 중학교·고등학교 교가의 일부로 김 이사장이 직접 작사한 것이다. 일본 땅에서, 비정규적인 각종 학교가 아닌 일본 교육법 제1조에 규정된 학교의 교가에 백두산, 금수강산을 당당히 등장시키고 있다. 우리나라의 별칭인 청구(靑丘)를 사용하고 있는 것도 예사롭지 않다.

이뿐만이 아니다. 박경리의 『토지』의 청소년판 6권을 2011~

2012년에 걸쳐 간행한 데 이어 『토지』의 완전판을 2016년부터 간행하기 시작하여 2021년 7월 현재로 14권을 출판했으며 향후 2~3년 내에 20권까지 간행할 예정이라고 한다.

나는 일본에서 주일 한국대사관과 후쿠오카, 요코하마 총영사로 근무하면서 다양한 재일한국인·조선인들을 만났지만 김정출 이사장만큼 한글과 한국 문화를 사랑하고 지역 사회의 존경을 받고 있는 분을 만난 적이 없다. 그의 저서에는 본국에서 재일 동포들의 본국에 대한 기여를 제대로 평가해주지 않은 것에 대한 섭섭함도 묻어난다.

한편 현재 한국 정치 상황에 대한 저자의 평가에는 선뜻 동의하기 어려운 내용도 없는 것이 아니나 전체적으로 재일한국인·조선인들의 치열한 삶의 여정이 녹아 있는 '하고 싶은 이야기'를 진솔하게 털어 넣은 것이라 하겠다.

서현섭(전 교황청 대사, 『일본은 있다』 외)

글을 마치며

나는 다음 세대를 이어갈 재일조선인, 한국인에게 꿈과 희망을 가지길 바라며, 이 책을 쓰기로 하였다. 사실은, 나 자신이 더 열심히 살아가기 위한 것일지도 모른다.

나는 홋카이도대학 재학 시, 그리고 이바라키에 정착하고 나서 많은 재일 동포 1세에게 귀여움을 받아왔다. 왠지 모르지만, 나는 어르신들과 마음이 잘 맞는 것 같았다. 어르신들은 나에게 재일 동포 1세로서 살아오며 겪은 일들을 종종 얘기하곤 하셨다.

기회가 있다면, 내가 재일 동포 1세분들을 대신하여 그들이 가지고 있던 한을 풀어주고 싶다. 나는 결혼 후 딸 한 명과 아들 두 명을 슬하에 두고 있다. 아이들에게는 부모로서 언제나 열심히 살아가는 모습을 보여주어, 아이들도 열심히 공부하여 세 명 모두 의대에 진학해, 현재 의사로서 활약하고 있다.

나는 나와 같은 처지에 놓여있는 재일 동포들에게 큰 선물을 하고 싶다는 생각이 들어, 교육 사업을 시작하였다.

해방 후 조총련, 민단이 각각 심혈을 기울여 재일 조선인, 한국인을 위한 민족교육 사업을 해왔다. 그러나 세대교체가 진행되어 가면서 글로벌 시대가 도래함에 따라 민족교육은 시대에 뒤떨어지게 되었다. 나는 내가 설립한 학교를 통해, 한일 양국을 넘어, 세계에서 활약하는 우수한 인재를 키우고 싶다는 꿈을 가지게 되었다.

조금이라도 많은 것을 가진 자는, 다음 세대를 위한 길을 닦아주어야 올바른 세대교체가 진행된다고 생각한다.

"학교는 개인이 하는 일이 아니다. 그런데 왜 네가 나서서 하려는 것이냐"라고 학교 설립에 강하게 반대하시던 어머니도, '그렇게 하고 싶으면 해보아라'라고 응원을 해주시게 되었다.

1939년 개봉한 뮤지컬 영화 〈오즈의 마법사〉의 OST 〈Over the Rainbow〉에 다음과 같은 가사가 있다. 'the dream that you dare to dream really do come true(꿈꿔왔던 일들은 반드시 이루어진다').

지금까지 내가 하고 싶은 일들을 언제나 곁에서 응원해준 아내 서신에게 진심으로 감사한다.

또한, 이 책이 출판되도록 온 정성을 다해 힘을 쏟은 보고사 박현정 편집장님에게 각별한 감사의 말씀을 드린다. 그리고 내용을 꼼꼼하게 살펴봐 주신 서현섭 박사님께도 진심으로 감사를 드린다.

2021년 8월

김정출

독자들의 반응 중에서

귀에 쟁쟁한 여러 가지 발언을 생각하면서 이 책을 읽다

나는 아시아인 유학생들과의 만남을 계기로 재일한국인과 오랜 교류를 이어왔다. 1980년대의 지문날인거부운동이 생각난다. 이런 발언을 들었다. "마음 한구석에서, 조선인이니 참아야만 한다고 자신을 억누른 채 지문을 날인해 왔다……", "자기도 순수하게 살고 싶다.……자신의 마음속 어딘가에서 자아를 강하게 억눌러왔다고 느낀다. 지문을 거부하고 나서 친구들로부터 '매우 밝아졌군요'란 말을 듣게 되었다."

이 책의 저자는 전쟁 직후인 1946년 2월 아오모리(青森)현의 연립 주택에서 재일한국인 2세로 태어났다. 가업은 '물엿, 양돈, 밀주'였다고 한다.

"중학교 1학년 때 조선인을 야유한 동급생 둘이 있어 나는 참을 수 없어 그들을 때렸다. 그런데 그중 한 사람은 일본인이며 또 한 사람은 조선인이었다. ……언제나 내심 '자신은 일본 사람이 아니다'라는 마음의 갈등이 있었다. ……나는 자신의 일본 이름에 위화감을 느끼고 항상 혐오감을 안고 있었다." 이렇게 서술되어 있어 바로 아이덴티티 문제와 부딪치고 있다.

저자는 "일본인의 조선인 차별을 많이 눈앞에 보았으며…… 1세들의 원한의 이야기를 자주 들었다. 그 영향인지 대학에 입학하면서부터 재일조선인으로서 어떻게 살 것인가, 무엇을 할 것인가에 대하여 늘 모색하게 되었다"고 한다.

1964년 4월 "홋카이도(北海道)대학 의학부에 들어가 곧 마음에 새긴 것이 두 가지 있었다. 하나, 일본인에게 지지 않는 실력을 체득하는 것. 둘, 자기의 민족성과 주체성을 확립하는 것" 그리고 그중 어느 하나가 결여되어도 불충분하다. "좋은 기술을 가지고 있어도 민족의 말과 문화를 모르면 조선인을 차별하는 일본인과 다름이 없게 된다"고 한다. 이것이 저자의 철학이 아닐까.

대학 입학 후 "일본 이름 '가네모토 마사이데(金本正出)'를 버리고 본명인 '김정출'을 사용하며 민족적 아이덴티티를 회복해서 조선인으로 살아가자고 결심하였다." 대학에는 '재일본 조선유학생동맹(유학동)'이 있어 거기서 조선어와 역사를 배우면서 조선 사람으로 어떻게 살 것인가에 대해 자주 토론을 거듭한 사실의 무게가 느껴진다. 1970년 3월 대학을 졸업한다. 1959년 8월에 북한귀환협정이 체결되고 동년 말에는 귀국선 제1호가 니이가타(新潟)를 출항한다. 저자는 당초 "북조선에 귀환하여 의학으로써 공헌하고 싶다"고 생각하다가 결국 "재일동포의 의료를 위해 진력하기로 방향을 전환했다"고 한다. 약 10년간의 연수를 거친 다음에 동포가 경영하는 도쿄 아다치구(足立区)의 니시아라이(西新井) 병원에 근무한다.

재일동포 여성과 결혼하고 자녀들은 이바라키(茨城)현의 조선학교에 입학시켰다. 형님이 그 학교의 교원이었다는 배경도 있었다. 얼마 후 이바라키현 내에서 병상 19개 규모의 진료소를 개업하게 되는데 이는 나중에 미노리(美野里)병원으로 발전되어간다. 지역사회에도 공헌하여 조선인으로서 처음으로 '특별양호 노인 홈 청구원'의 인가를 받았다. "왜 청구원이라는 명칭을 달았느냐?"라는 질문을 몇 번이나 받았다고 한다. "내가 조선인이라는 것을 숨기지 않고 전면에 내세웠으니 다른 재일동포들과 좀 다르다고 생각하던 것 같다"라는 서술부분이 매우 인상적이었다. "보육원이 모자라다면 내가 만들지"라면서 실제로 만들었다는 이야기도 나온다.

저자의 골프 솜씨는 대단한데 1985년 외국 국적을 이유로 하여 클럽 입회가 거부되자 미토(水戸) 지방재판소에 제소한다. 이는 골프 회원권을 가지고 외국인이 일으킨 첫 소송이다. 최종적으로 클럽 측이 양보함으로써 화해가 성립되어 당당히 클럽 멤버가 되었다. "차별은 차별당하는 사람에게 참을 수 없는 고통을 주며, 차별을 하는 측에는 인격의 황폐를 가져다 준다"는 저자의 발언이 예사롭지 않다.

1997년 개호보험법이 시행되며 그룹 홈의 설립이 시작되자 이바라키현에서 처음으로 그룹 홈 인가를 획득하였으며 이후 전부 14개소의 그룹 홈을 설립하였다.

저자는 조선말을 어릴 때는 '오후 야간학교'에서 배우고 대학에 다니면서는 독학을 한 바도 있다. "중국에 의해 침략되었고 또한 일본의 식민지도 되었으나 나라가 망하지 않고 유지된 것은 조선 고유의 문자인 한글이 있었기 때문이다"라는 굳은 확신을 가지게

된다. 이 확신이 실제 형태를 갖춘 것이 바로 2006년 한글 아카데미 '가나다 한국어 학원 일본교'의 개교다. 그 중매인 역할을 한 것이 홋카이도대학 후배인 한기덕 씨다. 한 씨는 아이치(愛知)현 출신인데 대학 시절에 지문 날인을 거부하여 나고야(名古屋) 지방재판소에 회부되었다. 그때 아이치현립대학에 있던 나는 "한 군과 더불어 재일외국인의 지문 날인을 폐지시키는 회" 임원의 한 사람이었다. 저자는 "1세의 원한을 풀기 위해서는 교육사업 밖에 없다"는 생각을 하고 가나다 한국학원에 이어 동일본 최초의 학교교육법 제일조(一条校) 학교인 "청구학원 쓰쿠바(つくば) 중학교·고등학교"를 2014년 4월에 개교하였다.

2002년 9월 고이즈미 준이치로(小泉純一郎) 수상이 북한을 방문하여 김정일 국방위원장과 함께 '일조 평양선언'에 서명하였다. 김 위원장은 납치를 인정하고 사죄했으나 일본에서는 '선언' 자체의 의미가 완전히 무시되었다. 일본 국민의 관심은 오로지 납치에만 집중되었으며 '조선 때리기'가 일본 국내에 몰아쳤다.

차별주의자들이 교토(京都)의 조선학교를 습격한 것은 2009년의 일이다. 2010년 4월 민주당 정권에 의하여 고교 무상화 정책이 시작되었다. 그것은 본래 '1조교'만이 아니라 '전수학교'와 '외국인학교'도 대상으로 하는 획기적인 제도였다. 그러나 2012년 12월 자민당·공명당 연립정권이 재집권하자 외국인학교 중 조선학교만 대상으로부터 제외되었다. 나는 조선학교 적용을 요구하는 운동에 참여하고 있지만 의연히 전망이 밝지 않다.

"조선 사람은 일본에 있으면 안 되나요?", "조선학교엔 다니지 말아야 하나요?" 조선학교에 다니는 어린 학생들이 속삭이듯이 한 말이 지금도 내 가슴에 박혀 있다. 일본에 있는 조선학교의 모습을 한국에 소개하려고 한국의 김명준 감독이 기록영화 '우리 학교'를 제작하였다. 일본의 어느 시민집회 앞으로 보내온 그의 메시지 한 구절이 인상적이었다. "조선학교는 자신이 누구인가를 가르치고 이 땅에서 조선인으로 살아가는 방법을 가르쳐주는 유일한 학교입 니다. 이것은 일본의 학교가 못 하는 일입니다."

나의 가슴 속에 어린 학생들의 말, 김명준 감독의 메시지, 고교 무상화에서의 조선학교 제외, 그리고 청구학원 쓰쿠바 중학교·고 등학교 개교 등이 얽혀 온다.

이 책의 저자는 일본과 조선의 관계사를 기본으로 하여 재일동포 의 걸음걸이에 자신의 걸음을 맞추며 그렇게 함으로써 일본 사람 들, 일본 사회에 발신하고 있다.

이 책은 재일한국인 그리고 많은 일본 사람들이 꼭 읽어주면 좋 겠다.

다나카 히로시(히토쓰바시대학 명예교수)

저자의 조국애는 인류애에 통하다

귀한 저서를 이틀에 걸쳐 읽었습니다. 귀하의 활동의 다양성과 정열, 그리고 광범위한 인맥과 인간관계를 알게 되어 시종 압도당 하였습니다.

의료에 종사하면서 중고일관교를 만드셨다는 것은 문일창 군에게서 자주 듣고 있었지만, 그것은 단편적 정보여서 자세히는 몰랐습니다. 특히 제4장 "청구 쓰쿠바 중학교·고등학교 창립—한일 문화를 배우다"에서 한·일·영 3개국 언어를 구사하여 현해탄의 가교, 나아가 세계로 웅비하는 인재를 키운다는 원대한 '도락'을 읽고 나서 귀하의 꿈에 대한 이해가 한층 깊어졌습니다. 귀하의 이 원대한 기도에 대하여 소생은 아무런 도움도 드리지 못하지만 전면적, 무조건적으로 양손을 들어 "동의합니다(I agree)!"라고 말하고 싶습니다. 일조교 개교 이전에 자비로 보육원을 설립하고 본격적인 한글 아카데미(한국어 학원)를 여신 것은 바로 이를 위한 예비단계였다는 것을 잘 알 수 있었습니다. 교육에 정열을 기울이는 것이 필생의 꿈이었다는 것을 알았으며 후진을 키운다는 일관된 사상 아래 그것도 거의 독력으로 수행하시는 모습에 깊은 감명을 받았습니다.

또한 앰네스티 인터내셔널의 활동에도 적극적으로 참여하고 동지들과 힘을 합쳐 미토(水戶)그룹 설립에 중심적 역할을 하는 등 활약 무대가 비단 교육 분야뿐만 아니라 국제적인 인권문제에까지 넓어지고 있는 사실에도 놀랐습니다. 거기에는 귀하의 인간관과 사상과 체제를 초월한 조국에 대한 동경과 사랑이 엿보이며 이것이야말로 귀하의 강인한 줏대라는 것을 새삼스레 인식하게 되었습니다.

귀하는 정치가가 되고 싶었다는 심정을 토로하셨지만, 책을 읽고 나니 의사를 기본으로 하면서 '정치'를 하는 듯 느껴졌습니다. "교육 사업을 통해 정치를 하는 것 같다"는 대목이 있는데 바로 그렇다고 생각합니다. 정치란 것은 국회의원만 하는 것이 아니겠지요. 보육원도, 양호 노인 홈도, 앰네스티 활동도 개호 노인 보건시설 운영도, 그룹 홈 사업도, 그리고 골프 회원권 소송도 다 서민의 시선으로 보면 훌륭한 정치활동이 아닌가라고 생각됩니다.

불교에 '자리이타(自利利他)'라는 사상이 있습니다. 이것이 귀하의 생활 태도와 사업 전개에 기조저음처럼 흐르고 있는 것 같습니다. 가족을 아끼는 자세, 직원을 한집안 식구처럼 대하는 경영철학, 노인 홈, 보육원, 학교 경영 등의 사회를 위한 사업을 하고 있으니 틀림없이 '자리이타' 정신이 면면이 관통된 것으로 보입니다. 그런 의미에서 귀하는 훌륭한 시정 정치가라고 말할 수 있습니다.

앞으로도 귀하의 분발을 기대하는 데 그러나 연령으로 보면 이제 후기 고령자가 아닙니까. 옛풍으로 하면 벌써 현역을 은퇴해도 이상하지 않은 나이입니다. 그러나 하늘은 귀하에게 특별한 운명을 주신 것 같아서 다행히 건강하며 체력에는 남다른 자신이 있다지요.

'부처님한테 설법'과 같이 되겠으나 "정도를 지나치면 못 미친거나 다름없다"고 공자가 2천 년 전에 말하고 있지 않습니까. 부디 '무리'하지 마시고 적당히 일하면서 오래도록 활약해 주시기를 바랍니다.

본래 같으면 이 문장을 우리 모국어로 써야 했는데 귀하의 영어와 마찬가지로 50년 이상 안 썼기에 거의 다 잊어버렸습니다. 참으로 한심하고 부끄럽기 짝이 없습니다. 널리 용서해 주시기를 바랍니다.

허성기(삿포로(札幌) 거주, 지질학자)

'재일동포'관을 일신

금년 정월(음력 설. 2월 1일)은 매우 기분 좋게 지낼 수 있었다. 이 책을 하루 만에 다 읽었기 때문이다. 이 책을 읽고 곧 "한구석을 비치다"라는 말이 떠올랐다. 도쿄 근처의 지바(千葉)나 가나가와(神奈川)라면 몰라도 저자가 병원이나 시설을 두고 있는 이바라키(茨城)는, '일본통'을 자칭하는 나에게도 아주 외진 시골로 생각된다. 더구나 '고미다마(小美玉)'라는 지명은 들어본 적도 없으며 귀에 익지도 않다. 거기는 나에게는 무엇인지 일본의 지방 한구석과 같이 느껴졌지만 다 읽고 나니 김정출 의사는 바로 "한구석을 비치는" 인격자라고 생각하게 되었다. "의(醫)는 인술(仁術)"을 실제 그대로 행동해 보이는 것 같다.

그런데 김 선생도 인간이다. 결코 '성인군자'가 아니다. "의를 인술"로서 일관하게 추진하려면 그것을 정신적으로나 육체적으로 뒷받침해 주는 것이 필요하다. 즉 일상생활에서의 '여유'이다. 그 하나가 선생에게 있어 숨 돌림인 골프인 것 같다.

1946년에 태어난 개띠인 사람을 한국에서는 "솔직하고 성실하며 거기에다 정열과 에너지가 덧붙는데 한편으로 완고하며 부정을 싫어하는 성격이 많다"고 한다. 같은 간지가 생활 속에 살고 있는 일본도 마찬가지일 것이다. 김정출 씨는 그 전형과 같은 분이라고 생각하지 않을 수 없었다. 그렇게 생각하니 지금이라도 당장 만나고 싶어진다. 본문 중의 사진을 볼수록 저자의 성실한 사람됨이 느껴진다.

나는 지금까지 '재일상'을 잘못 그려보고 있었던 것 같다. 한국 사회에서의 재일교포 이미지는 부자이지만 한국말을 거의 모르고 언동, 행동거지가 어딘지 좀 거세며 대부분 일본에 귀화한 자라고 설명되고 있다. 나 역시 그런 감각으로 인식해 왔다. 그런데 이 책을 읽고 나니 그러한 편견은 일소되어버렸다. 이 책을 소개해 준 "미도리(みどり)의 바람"의 고다마 도시유키(児玉捷之) 씨에게 깊은 감사의 마음을 전하고 싶다.

그런데 나와 내 주변 사람들이 왜 '재일' 이미지를 그런 식으로 파악하게 되었는가. 그것은 아마 서울 다음에 손님이 많은 부산에 오는 일본인 관광객과 재일교포로부터 받은 인상일 것이다. 어디까지나 일부 관광객이라고 말해 놓겠지만 차림새 수상한 자가 더러 있기 때문이다. 그 궁극적인 예가 일본의 폭력단과 같은 사람들이나 재일로서는 김희로(1828~2010)의 이상한 '용자'다.

김희로 씨는 1999년 7월 한국의 부산으로 마치 '영웅'인 듯 떠들썩한 귀국을 하였다. 부산은 물론이거니와 한국의 매스컴은 모두가 그를 훌륭한 재일동포라고 대대적으로 보도하였으며 김삼중이라는 승려도 그런 관민의 자세에 추종해 분주히 돌아다녔다. 그런데 아닌 게 아니라, 수년 후 그의 본성이 나타났는지 여성문제로 물의를 일으키다 못해 부산의 여기저기에 이상한 차림새로 출몰하였다. 나는 내심 '과연 그렇구나'라고 생각하면서도 유감스러웠다.

내 주변 세계에 비치는 '재일상(이미지)'은 자주 한국을 찾아오는 교포들에 의해 고정관념화되었다. 그들 중 대부분은 (혹 소수인지도 모르나 그들의 언동이 너무한 나머지 나와 같은 서민으로는 그렇게 느껴지는 것이다……) 고급 호텔에 숙박하고 돈을 물 쓰듯 한다 (이것도 극소수라고 생각하지만……). 한 번의 방한에는 적어도 3~400만 원(일화로 3~40만 엔) 이상 쓸 것이다.

이미 쓴 바와 같이 내 둘레에 오는 재일교포는 돈 부자로 보이며 그들은 유기업, 즉 파친코를 영업하고 있다는 소문이 자자하다. 설마 그런 일은 없겠지만 돈 쓰는 법이 상상을 초월하기에 그런 소문이 난 것이리라. 이 책에서 파친코에서 번 돈은 부정하게 얻은 돈이라고 했다. 물론 모두가 그렇다는 것이 아니겠지만 한국 사회에서도 사실 부정으로 돈을 얻은 가정에서 자란 아이는 성질이 나쁜 자가 많다. 최근 읽은 책으로는 저자와 같은 의사인 일본작가 하하키기 호세이(帚木蓬生, 1947년~. 정신과의인 것 같다)도 파친코를 도박이라고 규정하고 그것이 얼마나 인간에게 정신적 해악을 주고 있는가, 그리고 가정 붕괴를 가져다주고 있는가를 소설을 통하여 호소하고 있다. "도박 중독과 싸우다", "그만두지 못 한 도박 지옥으로부터의 생환" 등이 그것이다. 파친코에는 교외형도 있으나 대개 도시 중심부에 있어 그만큼 쉽게 손이 가는 무서운 도박이라고……

그렇다고 하여 하하키기 씨는 결코 반 파친코 → '반한'론자가 아니다. 그가 사회에 호소한 '조선 3부작'은 모두다 명작이며 나는 그중 요시카와 에이지(吉川英治)상을 받고 영화화도 된 '세 번의 해협'을 잘 된 작품이라고 생각한다. 하하키기 씨의 '조선 3부작'은 스미다 후사코(角田房子, 1914~2010)의 '조선 3부작'('민비 암살', '내 조국' 등)과 함께 한국과 일본의 관계를 맺는 일본 문학의 금자탑의 하나로 영원히 남을 것이다. 그런데 영화 '세 번의 해협'은 어째서인지 한국에서는 상영 금지가 되었다. 당시의 대통령은 김영삼 씨 (1927~2015)였다.

좌우간 이 책을 출판한 김정출 의사에게 감사하면서 아울러 책 소개를 해준 '미도리의 바람' 동인인 고다마 도시유키 씨, 정말 고맙습니다.

오경환(한국 부산 영도구 거주. '미도리의 바람' 동인, 92세)

다시 리더십을 발휘해 주세요

김정출 선생님의 저서가 남편한테 보내온 것이 지난해(2021) 10월 말이었다고 생각합니다. 우리 내외는 저자를 오래전부터 잘 알고 있기 때문에 남편 앞으로 보내온 책을 먼저 읽어 봤습니다. 편집도 잘 되어 있어 무엇보다 읽기 쉬운 문장으로 담담하게 쓰인 것이 매력적이었습니다. 일을 하면서 간간히 하루 3시간씩 읽어 가면 3~4일로 독파할 수 있었습니다. 이리하여 김 선생의 과거사와 인생관을 재삼 알게 되었습니다.

얼마 전에 세상을 떠나신 어머님 박옥희 씨의 엄하면서도 따뜻한 슬하에서 김 씨가 자란 사실을 알게 되었습니다. 또한 근처 어른들의 잠언과 교훈 등에 대해서도 하나하나 확인하면서 자기 피와 살로 만든 과정이 손금 보듯이 전해져 옵니다. 또한 선생이 일시 친하게 지내온 정경모 씨(1924~2021)의 말 "사람이, 올바르게 살고 올바르게 죽는 것은 얼마나 어려운 일인가"에 대해서도 선생은 옷깃을

여미고 귀를 기울였다는 것을 잘 알 수 있었습니다.

그 밖에 이 책에 관하여 하고 싶은 말은 많이 있습니다마는 한 번 읽고 하도 즐거워 그래서 저는 고베(神戶)시 산노미야(三宮)역 가까이 책방에 20권 정도를 주문하여 금강학원 관계자와 극친한 근처 분들에게 넘기면서 읽어 보세요라고 권했습니다. 그것이 11월 초의 일이었다고 생각합니다.

저는 이 책 안에 선생이 서술을 잊어버리신건가 혹은 언급을 주저 하셨는지는 모르지만 취급되지 않았던 사실에 대하여 이 감상문 제목에 따라 선생의 일을 기록하잡니다.

이제 벌써 20년 전의 일입니다. 당시 선생이 리더십을 잡으시여 매년 설날로부터 2주일 지난 무렵 신바시(新橋) 제일 호텔에서 재일 한국·조선인 의사들의 신년회를 10년 이상이나 계속해 왔습니다. 선생은 간사역도 하면서 동시에 경제적 부담도 비교적 많이 하였으 리라 봅니다. 이 모임은 우리 내외뿐만 아니라 남은 규슈(九州)로부 터 북은 홋카이도(北海道)에 이르기까지 의료에 종사하는 재일동포 의사들이 부부 동반으로 혹은 홀로 모여 오고 담소하는 장(場)인데 실로 즐겁고 지금 생각하니 그리움이 앞섭니다.

밤늦게까지 잡담하며 1박이나 2박을 하였습니다. 우리 내외도 신년회가 손꼽아 기다려집니다. 그리고 어느새 이 모임엔 의사 이 외의 재일동포 친구들도 초대되어가 거기서 간사이(関西)지방 출신 인 김용권 씨와도 만나게 되었습니다.

그때로부터 이제 10년 가까이 되겠는지요. 제가 이 감상문의 제 목을 이렇게 단 것은 꼭 또다시 신년회를 부활해 주면이라는 심정으로서입니다. 앞으로는 선생 혼자에게 부담을 주는 게 아니라 참가자 모두가 힘을 합치면 좋다고 봅니다. 그 신년회를 다음 세대의 의사들이 이어가면 모임은 더 커지고 재일 사회에 대해서도 하나의 발신력이 될 것이며 나아가서 선생이 주장하시는 '커뮤니티' 만들기의 한 실례가 될 것입니다.

교육은 '백년대계'라고 합니다. 그만큼 시간이 걸리고 또 인내와 비용 등도 상상을 넘어선다고들 합니다. 그런 사업에 과감히 도전한 선생의 용기와 뜻에 그저 머리 숙여집니다. 내 남편(조영길)도 이전에 오사카(大阪) 금강학원 이사장을 지낸 바도 있기에 그간의 사정은 저에게는 몸에 배게 잘 알 수 있습니다.

선생님은 본업인 의사, 교육자로 있으면서 이 책을 완성하느라 상당한 시간과 공을 들이셨지요. 그런데 저는 너무나도 간단히 제멋대로 이런 글을 써버렸습니다.

선생님, 고맙습니다.

원명자(일본 오사카, 의료법인 조주회 근무)

성공의 그늘 아래 어머님의 고생이 있다

의사로서 의료 법인, 사회복지 법인, 또한 학교 법인의 경영자로서 큰 성공을 이룬 김정출 씨지만 그 이면에 어머님의 다대한 진력이 있었다는 것을 처음으로 알았습니다. 식민지 시대 빈궁 때문에 조선반도에서 일본으로 건너와 전중 전후의 혼란기를 헤쳐 오고 남북한 대립 속에서도 아오모리 역전에서 불고기 가게를 하면서 네 명의 자녀를 키우며 의학부나 사립대학 학비까지. 조선인에 대한 차별이 뿌리 깊이 남아 있던 시대, 재일 1세들의 고생을 가까이에서 보고 있었기 때문에 입신출세를 단념할 수 없었던 것이라고 상상합니다. 이 책은 그러한 시대를 산 재일 2세의 이른바 인생 증언 기록이기도 합니다.

세계화의 지금 재일 사회도 여러 가지 의미에서 역사의 길모퉁이에 서 있습니다. 김정출 씨의 삶이나 생각과는 달리 적지 않은 재일한국인이 일본인으로 '귀화'하고 민족성이 '풍화'되어 가고 있습니다. 그러한 시대의 '흐름'에 저항하는 저자의 인간성 넘치는 정당한 삶, 서로의 민족성을 존중하는 이 책을 재일한국인만이 아니라 많은 일본 사람에게도 권하고 싶습니다.

요시노 타이치로(저널리스트)

극일 사상을 체현한 재일 2세의 자서전

이 책은 재일조선인으로 일본에서 어떻게 살 것인가라고 자문하고 고투하면서 의료, 복지, 교육 등 각 분야에서 성공을 달성한 재일 2세 김정출 씨의 반생을 그 신념을 담아 써낸 자서전이다.

아오모리에서 태어나 홋카이도대학 의학부 학생이 된 그의 목표는 당초, 당시 '지상 낙원'이라 불린 북조선의 발전을 위하여 의학을 통해 공헌하는 것이었다. 그러나 북조선의 실태를 앎에 따라 방향을 전환하여 재일의 의사로서 일본에서 재일동포를 위하여 힘쓰자고 결심하게 되었다. 그 후 이바라키현에서 진료소를 개업하고 발전시켜 특별 양호 노인 홈, 그룹 홈, 보육원, 그리고 나아가서 1조교인, 한일 문화를 배우는 중학교·고등학교를 설립한다. 학교 경영은 아직 "착지점에 이르지 못하고 있다"고 하나 각 사업은 성공하여 오늘에 이르고 있다.

그가 사업가로서 성공하게 된 데에는 어머님의 인생훈 영향이 컸다. 어머님은 입버릇처럼 "사람, 인심을 잃으면 안 된다", "받은 은혜는 두고두고 기억해라", "네가 좋은 일을 하면 너의 아이와 손자들이 복을 받을 것이다" 등의 말씀을 하셨으며 이것이 그의 정신적 지주가 된 것이다. 그것의 예라면 그의 병원 이념인 "부자, 가난한 자, 모든 사람에게 애정을 담은 의료·복지를"에 잘 나타나 있다. 또한 그가 그런 이념을 간직함으로써 재일동포에 대한 편견을 없앨 수 있었으며 그리하여 그는 재일동포만이 아니라 양심 있는 많은 일본 사람들과의 만남을 통해 그들의 도움을 받을 수 있었던 것이다. 특별 양호 노인 홈 설립에 진력해준 당시 이바라키현 미노리정 정장 도노우치 미쓰오(外之內光男) 씨는 그런 인물 중 한 사람이다.

또한 그는 어릴 때부터 정치, 경제에 흥미를 가지고 장래 그런 방면으로 진로를 잡으려고도 하였다. 그런 그에게 있어서 조국이 분단되고 고난의 길을 가게 된 것은 결코 간과할 수 없는 일이었다. 이 책에도 그와 관련된 서술이 많이 보인다. 이미 언급한 바와 같이 당초 북한에 호의를 가지다가 그 현실을 보고 장래 방향을 바꾼다.

한국의 경제 발전도 목격하면서 한국 국적도 취득한다. 한편으로 조국의 인권 탄압을 반대하여 앰네스티 인터내셔널 일본 미토그룹을 설립하고 자신의 빌딩까지 개방하였다.

마지막 장은 이 책 부제에도 있는 "무엇이 서러워서 일본인이 되겠는가, 극일 사상을 안고 발전하자"란 타이틀을 가진다. 여기서 쓰인 것은 민족의 긍지를 안고 살며 "일본을 이길 수 없다는 잠재의식이나 피해자 의식에 잠겨있지 않고, 일본을 넘어서자는 의지"로 동포가 성공하도록, 조국이 발전하도록 하자는 것이다. "그러한 노력은 하지 않고 과거 문제에만 사로잡혀 있으면 일본인은 납득하지 못한다"라고도 쓰여 있는데, 일본인인 나도 수긍할 수 있다.

전후의 동란 속에서 몸으로 이 극일 사상을 체현해 온 김 씨의 자서전에는 일본인, 한국인, 올드 카머 및 뉴 카머를 포함한 모든 사람들에게 호소하는 것이 있다.

다카하시 쓰요시(번역가, 문필가)

저자의 인생이 부럽다

이 책을 읽고 가장 먼저 느낀 것은 저자 김정출 씨의 인생이 훌륭하기도 하며 부럽기도 하다는 것이다.

1월 1일부터 4월 1일 사이에 태어난 사람을 일본말로 '하야우마레'라고 하는데 저자는 아마도 1946년의 하야우마레일 것이다. 내가 1947년의 하야우마레이기 때문에 마침 저자는 1년 손위의 선배가 된다. 국립대학 의학부 졸업이며 현재 지역에서 의료의 중핵을 짊어진 병원과 각종 시설을 운영하고 있다고 하니 나에게는 한없이 부러운 경력이다. 내가 이렇게 생각하는 까닭은 돌아가신 아버지가 생전에 언제나 아들 둘 중 하나는 의사로 키우고 싶다고 말씀하셨기 때문이다. 다행히 동생이 의학부에 입학하여 지금은 병원을 경영하고 있으나 그래도 국립 아닌 사립의 의학부였다. 그러므로 아버지는 아마 상당한 돈을 썼을 것이다. 동생도 그것을 잘 인식하고 있어 아버지 의향을 떠올려서인지 자기 자식만은 꼭 국립의 의학부에 넣으려 하였다. 그 덕택으로 다행히 지난해 봄, 내 질녀가 그 꿈을 실현해 주었다. 백부인 나로서도 매우 기뻤다. 아버지 무덤에 가서 "동생이 우리 소망을 이루어줬습니다"라고 보고를 드렸다.

저자의 부모와 내 부모는 거의 같은 세대로 연대적으로는 1920년대일 것이다. 식민지 시대와 해방 후를 통하여 그야말로 일본인의 2~3배를 일해야 겨우 일본인 수준의 임금을 받을 수 있었다. 돌아가신 아버지의 투박하고 거친 글러브 같은 손과 얼굴에 깊이 새겨진 주름살은 그간의 사정을 잘 말해주고 있다. 저자의 부모님도 밀주나 조선 엿 만들기, 양돈, 불고기 가게 등 고된 육체노동을 하면서 네 명의 자녀를 최고학부까지 보내셨다. 나도 비슷한 생활환경이었기에 내 인생과 포개면서 책을 읽었다.

나는 저자를 직접 만난 적은 없지만 동생이 같은 재일 의사들의 모임에서 만나 이야기를 들은 적이 있다. 나도 저자 김정출 씨와 같은 인생을 걷고 싶었지만 그가 나 대신에 그런 바람직한 인생을 걸어 주었다고 생각하면 동 세대의 재일 2세로서 대단히 자랑스럽

302

고 매우 기쁘다.

　나는 지금 군마(群馬)현의 작은 도시에서 아버지가 넘겨준 소규모의 회사 경영을 처자식과의 협력으로 그럭저럭 계속하고 있으나 기회가 있을 때마다 내 부모 그리고 저자의 부모님, 즉 1세들의 가혹한 인생행로를 사람들에게 전하며 또 그것을 내 삶의 원천으로 삼고 싶다.

　아버지가 생전에 자주 일하면서 흥얼거린 조선의 노래, 혹시 시조인지도 모르나 그것이 생각났다.

　　태산이 높다하되
　　하늘 아래 뫼이로다
　　오르고 또 오르면
　　못 오를 리 없건마는
　　사람이 제 아니 오르고
　　뫼만 높다 하더라

　이 노래는 형식만을 중시하는 조선 유교의 허식을 빈정거린 것이라 생각한다. 우리 아버지는 실학을 좋아하였으며 무언가를 만들어 내는 실천을 생활신조로 하여 아침 일찍부터 밤늦게까지 일하였다. 그때 아버지는 나에게 아마 양반과 같은 형식적인 사람이 되면 안 된다고 말하고 싶었던 것이리라. 우리는 일본 식민지 통치 아래 나서 자랐지만, 아버지로부터 민족의 넋을 배웠다고 생각한다. 이 책을 읽고 새삼스레 그렇게 느꼈다. 또한 엄격하면서도 자애로운 저자의 어머님 모습은 10년 전에 세상을 떠난 나의 어머님을 상기시켜 주었다.

마지막으로 저자의 조선 문자, 한글에 대한 정열에는 참으로 압도되었다. 이 나이가 되어서 다시 우리말을 공부하려는 마음이 생겨났다. 돌이켜보니 50년 전에 한글의 읽기와 쓰기에 몰두했으나 대학 졸업 후 태만하여 일상생활에서 한글은 소원해졌다. 이 한 가지만으로도 이 책을 읽은 가치가 있다고 본다. 이번 봄부터 한글 공부를 다시 하련다.

참으로 이 책은 '인생의 지나온 일과 앞으로의 일'에 대하여 많은 것을 생각하게 하였다.

김성대(강재 판매점 경영)

어머님은 '누이동생의 힘'을 방불케 하다

고도성장기 일본에서 의사로서 전력을 다해 살아온 재일 2세 김정출의 일대기이다. 어릴 때부터 무엇이든 한 가지에 집중하는 타입, 행동한 다음에 생각하는 타입으로 자신을 분석하는 저자는 만사에 똑바로 마주 본다. 하여튼 그 삶이 적극적이어서 기분이 산뜻하다.

우선 조선인임을 숨기지 않고 자연스레 자신을 전면에 내세우며 긍지를 안고 살고 있다. 삶의 근본에 감추는 것이 없다. 다음으로 개업 첫날 8명의 환자밖에 없던 진료소를 "부자, 가난한 자, 모든 사람에게 애정을 담은 의료·복지를"이라는 이념 아래 차차 확대 발전시켜 어느새 지역의 명사가 되고 여러 난관을 극복해 그룹 홈을 설립한다. 세상에 보육원이 모자란다고 하면 선두에 서서 보육원을 개업한다. 그리하여 드디어 자신의 꿈인 "말과 문화를 가르치고 사람을 키우는" 재일을 위한 학교 '청구학원 쓰쿠바 중학교·고등학교'를 개교하게 된다.

그 생활력에는 참으로 머리 숙여진다. 그 모든 것이 '남을 위한' 일일 뿐 아니라 '자기를 위한' 일, '좋은 인생 최후를 맞이하기 위한' 일이라고 단언하기까지 하다 보니 실로 속 시원하다. 더구나 혼자 힘으로 이만한 사업을 일으켜 놓고도 '취미'라고 하는 골프에서 타고 난 집중력을 발휘하여 취미의 단계를 훨씬 뛰어넘어 아마추어의 최고봉에 도달한다.

사람이란 흔히 이만하면 좋겠다고 하면서 타협하기 마련인데 저자는 끝까지 간다. 과연 그 힘은 어디에서 오는 것일까. 아마 그 힘의 원천은 어머님 박옥희라는 생활력 넘친 재일 1세 여성의 '삶의 가르침'일 것이다.

저자의 정신적 지주가 되어 있다는 다음과 같은 어머님의 교훈 말씀은 저자가 말하듯이 국경을 넘어 만민에게 통하는 것이다.

"사람, 인심을 잃으면 안 된다."

"받은 은혜는 두고두고 기억해라."

"네가 좋은 일을 하면 너의 아이와 손자들이 복을 받을 것이다."

이 책에는 그 밖에 어머님의 말씀으로 "사상 하나로 사람 판단하면 안 된다. 사상, 신조가 달라도 훌륭한 사람은 많이 있다" 등 재일의 틀을 벗어나 지구인 전체에 있어 귀중한 것들이 넘치고 있다. 또한 어머님 외에도 저자가 만나 사람들에게서 얻은 '금언'도 기록되어 있으며 저자의 인생에 큰 영향을 준 여러 가지의 '금언'을 접할 기회를 가진다는 것만으로도 이 책을 읽는 가치가 있다고 생각한다 (적어도 나는 감명 깊은 말을 많이 만났다).

'두 나라, 두 문화를 산다'는 타이틀 그대로 두 나라, 두 문화를 필사로 살고 인생의 큰 성과를 달성한 저자의 말과 실체험(實體驗)은 현재 미묘한 문제가 있는 일한 관계의 미래를 생각함에 있어서도 매우 귀중하다. 일본인만이 아니라 모든 인류가 적극적으로 미래를 구축하기 위해 꼭 읽을 가치가 있다고 본다.

※ '누이동생의 힘'은 야나기타 구니오(柳田国男)의 저작임.

이시카와 요(저널리스트)

일본인이 존경해야 할 재일동포 사회의 표상

김정출 이사장님! 안녕하십니까?

보내주신 책을 잘 받았습니다. 먼저 훌륭한 어머니의 노력, 물엿 행상에 양돈, 밀주(密酒)까지 닥치는 대로 하시면서, 자녀들을 키워낸 정성이 눈물겨웠습니다. 그리고 가난하고 힘겨운 재일교포의 환경에서도 어머니의 공(功)을 살려, 의사로 대성하신 김 이사장님이 참으로 대단하다고 생각했습니다.

"경쟁력(일본인 못지않은 실력)을 갖자, 민족성과 주체성(민족의식)

을 갖자, 이 두 가지 중에 하나라도 없으면 안 된다"라고, 각오했다는 대목이 인상적이었습니다. 책에 쓰신 대로 일본 사회에 재일교포가 죽(오지야)처럼 녹아들기를 바라는 현지에서, 한국 핏줄을 자랑스럽게 여기며 당당하게 살아가기 위해서는 경쟁력을 갖고, 존경받지 않으면 안 되기 때문입니다.

36살에 19병상으로 시작하여 해마다 침상 수를 늘려가면서 "온종일 죽자고 일했다"라고 하는 대목에서, 나의 젊은 시절을 떠올렸습니다. 그리고 병원의 이념으로 "부자, 가난한 자, 모든 사람에게 애정을 담은 의료·복지를"을 내건 데서 우리 길병원의 박애봉사 정신과 닮았다고 생각했습니다. 병원 운영에서 어머니의 가르침대로 "인심을 잃으면 안 된다", "받은 은혜는 두고두고 갚아라", "좋은 일을 하면, 자식과 손자 대에서라도 복 받는다"를 항상 생각했다니, 길병원의 정신적 뿌리와 맞닿은 점이 참 많다고 느꼈습니다.

골프에 대한 열정도 대단하시더군요. 60인치 드라이버를 창조해서 사용하고, 손가락이 변형될 정도로 연습에 몰두하고, 무려 19개의 클럽에서 챔피언이 되셨다는 기록에 경탄할 따름입니다. 의사일과 골프를 양립해서 초인적인 경지를 개척하는 그 정신력과 열정에 새삼 감동합니다.

일본 사회에서 수많은 난관을 극복하고 마침내 사회복지 법인 '청구(靑丘)', 학교법인 '청구' 두 그룹을 일으켜 교육 의료 복지 그룹을 완성해 가시는 김정출 이사장님이야말로, 일본인이 존경해야 할 재일교포 사회의 표상(表象)이라고 생각합니다. 그와 동시에 세

자녀를 모두 의사가 되게 키운 것은, 노력도 있었겠지만 좋은 일 많이 해서 복 받은 것으로 평가하고 싶습니다. 아무쪼록 두 개의 청구 법인이 길이 번창하기를 기원합니다.

이길여(가천길재단 회장, 가천대학교 총장 의학박사)

증보판 후기

이 책은 2021년 10월 일본 고단사(講談社)에서 출판하다가 절판이 되어 이전부터 인연이 있던 사이류사(彩流社)에서 재판하기로 하였다. 재판의 기회에 초판 독자의 감상(독자들의 반응 중에서)도 포함시켜 '증보판'으로 하였다. 실로 많은 분으로부터 분에 넘치는 감상을 받았다. 감사의 마음이 끊이지 않는다.

하나의 책에 대해 독자마다 이렇게도 반응이 다양한가 하고 새삼스럽게 놀랐다. 사람은 제각기 서로 다른 삶을 살고 있다. 그런 인생관에 기초한 감상이라고 생각하니 쉽게 납득이 갔다. 어구의 통일 등에 대해서는 사이류사 편집부에 일임했다. 출판 사정이 어렵고 시기적으로 다망한 시기에 재빨리 대응해 준 사이류사에 감사를 드린다.

2022년 3월 길일
김정출

저자 **김정출**(金正出)

1946년 일본 아오모리(青森)현 출생.
아오모리고등학교를 거쳐, 1970년 홋카이도대학 의학부 졸업.
의료법인사단 〈정신회〉 이사장.
사회복지법인 〈청구〉 이사장.
학교법인 〈청구〉 이사장.

감수 **서현섭**(徐賢燮)

1944년 전남 구례 출생.
교황청 대사, 나가사키 현립대학 교수 등을 역임.
저서로 『일본은 있다』, 『한중일의 갈림길, 나가사키』 외.

【증보판】
무엇이 서러워서 일본 사람이 되나, 일본을 극복하자
– 두 나라 두 문화를 살고, 한국 사람으로서의 긍지를 차세대에 –

2021년 12월 17일 초판 1쇄 펴냄
2023년 2월 20일 증보판 1쇄 펴냄

지은이 김정출
감 수 서현섭
발행인 김흥국
발행처 도서출판 보고사

등록 1990년 12월 13일 제6-0429호
주소 경기도 파주시 회동길 337-15 보고사
전화 031-955-9797(대표), 02-922-5120~1(편집), 02-922-2246(영업)
팩스 02-922-6990
메일 kanapub3@naver.com / bogosabooks@naver.com
http://www.bogosabooks.co.kr

ISBN 979-11-6587-259-5   03810
ⓒ 김정출, 2021

정가 15,000원